U0036165

魔豆

魔豆

香草／著

目錄

紫藤花開……07
小兔歷險記……77
守護之心……155
作者後記／香草……213

登場人物介紹

利馬．安多克
第三分隊隊長，平民出身。大剌剌的個性，看起來總是一副隨性的模樣。平時最喜歡作弄西維亞、亂揉她的頭髮。

西維亞．菲利克斯
菲利克斯帝國四公主。有著遺傳自母親的美貌，卻散發一股劍士的凜然氣質。擁有特異的直覺與女神賜予的誕生禮……

多提亞．帝多
帝多家族次子，皇家騎士團第二分隊隊長。散發知性優雅的氣質，溫和而穩重。腹黑屬性，笑容的燦爛度往往與心情成反比。

卡萊爾
叛亂組織的首領，他的出身似乎與西維亞公主頗有淵源……
是個溫柔和藹、好相處的人，笑容帶著點孩子氣，最大的嗜好就是在路上胡亂撿同伴。
伊里亞德·諾林
「創神」傭兵團的團長。
個性像貓科動物般，是個渾身散發著神祕氣息的頂級美男。
稱呼西維亞為「小貓咪」，似乎特別喜歡逗弄她……
夏爾
年齡僅14歲的可愛少年，妮娜魔法店的學徒。神經大條，行動總是慌慌張張又經常闖禍，標準的衰運纏身冒失鬼一名。

紫藤花開

人類統帥傑羅德再婚了，舉國歡騰，人類各國權貴、甚至是其他種族都派出代表擁至菲利克斯帝國為這位人類的王者獻上祝福。

前來參加婚禮的人數眾多，最後讓帝國不得已把宴會延長舉行三天三夜，這才把所有到場的人員安置妥當又不顯失禮。

第一天的宴會只邀請各國的國王與王儲，以及各種族的族長到場觀禮，即使如此，作為婚宴場地的空中庭園還是顯得人潮洶湧、盛況非凡。

身為傑羅德的戰友兼好友，艾倫自然要親臨帝國祝賀了。雖然艾倫的王位被王叔柯帝士所奪，可是在對方沒有子嗣的狀況下，他仍然是王位的第一順位繼承者。這個只有國王與王儲才獲邀出席的盛大場合，史賓社公國中除了國王之外，也只有艾倫有進場的資格。本來柯帝士也不是不想出席，可顧忌艾倫與菲利克斯六世的關係，為免自取其辱，柯帝士最終還是打消了同行的念頭。

史賓社公國是個位處沙漠綠洲上的國度，她曾經是阿爾柏的藩屬國，後來一場被稱為大陸上十大災難之一的大地震，完全改變了史賓社的命運，宗主國阿爾柏在這場災難中被徹底毀滅，大量流沙湧入史賓社公國，硬生生把綠洲的面積減少了三分之一，令這個曾經富裕一時的國家變得貧瘠無比。

同時，這場地震也讓史賓社擺脫了藩屬國的命運，只是當時的大公——也就是艾倫的爺爺——認爲元氣大傷的國家並不是宣布獨立的好時機，此後公國更接二連三地遇上降魔大戰、王權紛爭等重大打擊，以致今日這個國家在國際上仍舊被稱爲公國，只是國家的領導人早已不是「大公」，而是「國王」了。

艾倫的母后是個非常痴情、而且毫無主見的女人。就像紫藤花美麗卻脆弱的傳說般，與之連理的樹木枯萎後便不能獨活。在國王病逝後，這名身分尊貴的女人完全失去活下去的動力，最終選擇遺下年紀尚幼的兒子，毫不猶豫地隨丈夫而去。

艾倫永遠無法忘懷母后被人從水池裡打撈起來的情境——她穿著最愛的一身紫色，長長的金髮漂散在水中，蒼白的臉色就像枯萎、失去養分滋潤的紫藤花。

那天艾倫令下人把種植在水池旁、母親最喜愛的紫藤花全部砍除，男孩在很長的一段時間內，害怕這種綻放得猶如瀑布般壯觀的花朵。

也是從那天起，王叔柯帝士便成了艾倫在世上唯一的親人。

少年對王位根本不如柯帝士所想的那般執著，如果叔姪間的關係不是到了無法

共存的地步，艾倫甚至願意爲了親情而放棄王位。可惜叔父屢屢要置他於死地的舉動徹底寒了少年的心，讓他明白到退讓便代表著死亡，柯帝士是絕對不會讓他活下去的。

雖然聰明人只要稍微想想便知道柯帝士登基爲王一事事有蹊蹺，即使當年病重的國王害怕艾倫年紀太小無法理事，也只會任命柯帝士爲攝政王。在有子嗣的情況下，竟讓兄弟繼承王位，這點實在太奇怪了！這幾年不是沒有人對此提出過疑問，可惜在國王病重期間，柯帝士幾乎已架空了國家的權力，最終這些反對的聲音也湮滅於柯帝士的打壓中。

隨著艾倫年紀漸長，柯帝士益發顯現出想要斬草除根的決心。回想小時候，這個王叔對自己其實滿不錯的，可惜權力令人腐敗，從對方決定篡改遺詔的那刻起，已註定容不下艾倫的存在。起初男子只是無所不用其極地打壓艾倫的地位與威望，可後來的行動卻直接進階到逼迫他前往九死一生的降魔戰場。

要不是參與降魔之戰讓他成爲公國的英雄，艾倫在國內甚至連說話權也沒有。在這種狀況下，傑羅德卻放話允許少年追求他的大女兒，實在令人驚訝這名少年除了強悍的劍術外，到底有什麼特質能夠打動傑羅德，讓人類統帥願意給予他一個這麼大的機緣。

而艾倫也確實想要藉著這次參加婚宴的機會，看看這個被傑羅德大力推介的公主殿下，不過，他的這種想法與其說是出於政治目的，倒不如說是爲了滿足自己的好奇心。

他雖然自認不是個多好的人，可是欺騙女孩子的感情、把人娶回去讓對方跟著自己擔驚受怕這種事，他自問做不出來。艾倫有自己做人的底線，要娶妻的話，就要娶一個自己眞心喜歡的，到時候他會全心全意以性命來保護她，絕不讓她受到任何委屈。

何況，他有他的考量，根本不需要採取這種見不得光的手段來獲取權力。史賓社公國的王位本來就是他的，他從來就沒想過要依賴其他人的力量奪回。

想與帝國的長公主潘蜜拉見面，就只是想看看傑羅德讚不絕口的到底是個怎樣的女孩。

□

婚禮當日，身爲新郎的傑羅德實在太忙了，與艾倫寒暄了數句、接受少年的祝福與賀禮後，便把人丟出去自生自滅。待艾倫大吼著至少要把長公主介紹給他的時候，菲利克斯六世還老神在在地回以一句「緣分天註定」，差點兒把少年氣得嚥氣。

也不想想今天到場的賓客有多少人，何況千金小姐都喜歡三五成群躲在一旁說體己話，要是這還被他遇上，那眞的見鬼了！

艾倫邊遊走在眾多賓客之間，邊在心裡誹議著傑羅德沒義氣，只顧著結婚卻不理會身爲戰友的自己仍孤家寡人。

對於上層社會的權貴來說，人脈是不可或缺的資源，因此艾倫即使只是史賓社這個貧瘠公國的王儲，也沒有受到太大冷落，沿路走來認識、不認識的人都舉杯與少年打著招呼。

面對這些連名字也喊不出來的陌生人，艾倫用著令人如沐春風、一看便好感大

增的笑容，不亢不卑地回應著，可其實心神卻已遊走了一大半，甚至還邊與人家閒扯，邊在猜測著賓客中有哪些是精靈族派來的變裝後女方代表。

「嗯？小孩子？」

在婚宴看到小孩子絕不稀奇，奇怪的是這個女孩並沒有大人陪同。今天出席的全是各國的王室要員，怎會讓一名年紀尚幼的女孩在陌生場合裡單獨行動？

雖然這麼說有點殘酷，可是就王室的立場來說，不怕孩子在陌生的地方遇上危險，也怕她做出失禮的事情丟失國家的顏面啊！

穿著紫色禮服的女孩就像隻穿花而過的美麗蝴蝶，然而當艾倫的視線觸及那優雅的紫色時，卻不由得微微皺起了眉。

「咦？又一個？」視線還未從那紫衣女孩的背影移開，又一個紅色短髮、且年紀看起來比前一個還要小一點的綠衣女孩出現在人群中，東張西望了一會兒後，尾隨在紫衣女孩身後，直往庭園僻靜的角落走去。

艾倫正猜想兩名有著相同髮色的女孩是不是親姊妹時，第二名女孩那鬼祟閃躲的姿態卻令少年心生警兆。那種瞬間毛骨悚然的感覺艾倫並不陌生，要不是顧忌著場合，他便要大喊一聲「有殺氣！」了。

猶豫片刻，少年還是決定跟上去看看，今天是傑羅德與卡洛琳的大日子，可不要出什麼事情才好。

兩名女孩一前一後地來到庭園一角，只見紫衣女孩正仰首凝望著攀附於柵欄上盛開的紫藤花看得入神，完全沒察覺到有人尾隨著自己。從後而至的綠衣女孩雙目閃過一陣狠辣的神色，忽然抽出當作腰帶般纏在禮服腰間的軟鞭，揮手便向紫衣女孩背後抽去！

少女下手之狠毒令人震驚，這一鞭下去，雖然要不了對方的命，可臥床休養是絕對避不過的了。

來不及上前阻止的艾倫果斷地手一甩，一截剛被少年折下的樹枝直直往綠衣女孩的後腦勺擊去！

艾倫下手很有分寸，樹枝看似去勢洶洶，其實卻沒有太大的攻擊力，就只是想逼得綠衣女孩住手而已。

然而，急速而至的樹枝還沒來得及大發神威，綠衣女孩便被紫衣女孩一個過肩摔，狠狠摔倒在地，在空中庭園那被水氣包裹、反映出天空色彩的地板上濺起點點漣漪，倒有種另類的淒美感。

同時在空中的樹枝也與被過肩摔出的綠衣女孩錯過，「啪」地一聲掉落在地。

「誰!?」紫衣女孩一臉凶悍地看向艾倫藏身的草叢，再配以地上痛得暫時爬不起來的綠衣女孩的呼痛聲，令這長相精緻可愛的女生給少年一種生人勿近的感覺。多可愛的一個姑娘啊！就是剽悍了點，穿著那麼累贅的禮服竟然還能使出如此俐落的過肩摔，真的太凶猛了……

相比之下，綠衣女孩那一鞭就像孩子的惡作劇般，完全上不了檯面啊！

既然被發現了行蹤，艾倫也很爽快地從藏身的草叢後現身。反正尾隨兩人也並不是懷著什麼見不得人的目的，少年可是心安理得得很。

艾倫本以爲自己現身後會受到紫衣女孩的質問，怎料對方打量了他幾秒後，忽然嫣然一笑，正經八百地向自己行了一禮：「謝謝你剛才的出手相助。」

此刻女孩一臉端莊賢淑，行禮的姿態優雅無比，顯然受過良好的禮儀訓練。可

惜艾倫早就看穿她那凶悍無比的攻擊性。在他眼裡，面前的人根本就不是個嬌滴滴的貴族少女，而是頭剽悍的人形魔獸！

綠衣女孩把卑鄙無恥的偷襲展現得淋漓盡致，然而這紫衣女孩更可怕，吃人不吐骨的。艾倫敢打賭她早就知道綠衣女孩尾隨在自己身後，並且故意走到那麼僻靜的地方引對方出手攻擊。不然這麼突如其來的背後突襲，單單能夠避開已經很厲害了，絕難像她那樣反擊得那麼迅速。

現在艾倫總算能夠看清楚這兩個女孩的臉，單是那相似的長相以及一模一樣的髮色，已令少年肯定兩人是有著血緣關係的親姊妹。看這雙小姊妹一個比一個狠，一個比一個陰險，還眞想看看她們父母的樣子，到底要多有能力才能教出那麼極品的孩子啊？

雖然眼前的暴力小蘿莉讓艾倫不寒而慄，可對方那麼乖巧地向自己行禮，自認骨子裡是個紳士的艾倫還是立即回禮道：「不客氣，其實我也沒有幫上什麼忙。」

說罷，少年一改先前風度翩翩的動作，向少女攤了攤手：「基本上妳也不需要我幫忙，沒看見妳家姊妹還躺在地上口吐白沫嗎？」

這時，艾倫忽然想起自己還未向女孩介紹自己，趕緊亡羊補牢：「失禮了，我是史賓社公國的王儲艾倫。」

艾倫那率性的表現讓女孩好奇地打量了他幾眼，隨即繼續莊重有禮地微笑道：「我是菲利克斯帝國的長公主，潘蜜拉．菲利克斯。」

「妳就是傑羅德的大女兒!?」艾倫再也顧不得裝深沉，一臉驚嚇地失聲驚呼。

這就是傑羅德所說的「眞的很不錯」的大女兒嗎？想到不久前那剽悍的一幕，艾倫開始懷疑戰友是不是故意想惡整他了……

而且眼前的小蘿莉怎樣看也不滿十歲，他再怎麼需要外力援助，也無法向那麼小的孩子下手啊！

他又不是變態，那會被雷劈的！

「艾倫殿下，你認識父王嗎？」感受到少年在提及自家父王時親暱的語氣，雖然對於對方過激的反應感到訝異，可潘蜜拉還是壓下這股奇怪的感覺，言談間的語調變得更加親切有禮。

艾倫也知道自己剛剛反應過度了，不好意思地搔了搔頭：「呃……我也曾參加

過降魔戰爭，與傑羅德是關係不錯的戰友。」

「原來是參加過降魔戰爭的勇士，我眞是太失禮了。」潘蜜拉再次向艾倫盈盈一禮，雖然小公主年紀尚幼，可是其莊重的風姿卻是連成年女子也比不上。要不是艾倫剛才親眼目擊暴力的一幕，還眞的會誤以爲對方是個溫良淑德的女孩。

「我曾經聽父王提及過殿下你的名字，說你是當年年紀最小、卻擁有不遜於成年人的實力與勇氣的優秀戰士。既然艾倫殿下是父王的親密戰友，那麼你一定也認識母后了。」女孩意有所指地說道。

「潘蜜拉殿下！妳知道卡洛琳是……」

「噓！」潘蜜拉做了個噤聲的手勢，並瞟了瞟暈倒在地的二公主。雖然她倒地後便動也不動、活像失去了意識，但誰知道她是眞暈還是假暈？

艾倫愣了愣，看著女孩的眼神不由得柔和下來：「看來妳滿喜歡卡洛琳呢！」

潘蜜拉淡淡說道：「艾倫殿下也是王族，應該明白當王室的孩子有多麼不容易，尤其是失去生母的孩子更是處境艱難。難得卡洛琳她眞心待我好，甚至還視如己出，對於這位擁有赤子之心的女子當母后，我還有什麼可挑剔的？」

頓了頓，潘蜜拉換上了嘲諷的語調：「我不像某些人那麼喜歡折騰，有野心沒什麼，可是弄不清楚自身的立場與定位，只會爲自己招災惹禍。人啊！還是有自知之明比較好。我不覺得認同卡洛琳便是背叛親生母親的行爲，誰對我好誰對我壞，我可是記在心裡的。卡洛琳眞心待我，我回報有什麼不對？要是看不順眼的話，儘管放馬過來啊！我會讓那些人知道什麼叫作後悔！」

聽著潘蜜拉指桑罵槐的這番話，艾倫雖然事不關己，可還是不由自主地流了一頭冷汗。

好可怕的小丫頭！她眞的只是個孩子嗎？

憐憫地看了看仍舊躺在地上的二公主，艾倫眞心希望這孩子是眞的暈倒而不是裝暈，不然聽過潘蜜拉這番冷嘲熱諷的話，說不定會被氣得內傷。

老實說，這位二公主動武打不過人家，玩偷襲又沒有對方陰險，這不是自投羅網來找虐嗎？退一百步來說，就算眞的被她偷襲得手，在這種重要節日弄出什麼事情來對她也沒有好處，還眞是個熱血上衝便什麼也顧不得的孩子啊！不過這種人沒有太大的心機，倒是不難對付，留在身邊還可以發揮娛樂的作用。

要不是礙於得保持王儲的儀態，艾倫幾乎忍不住要雙手合十，向地上的二公主拜祝安息了。

隨即艾倫聽到身旁的潘蜜拉小聲嘀咕：「當作上次偷襲我的懲罰，已燒掉了她的長髮了說……果然是因爲下手不夠狠嗎？再有下一次的話，乾脆把她的頭髮全都剃光好了。」

艾倫大囧，他早就心裡疑惑過綠衣女孩身爲王族成員，爲什麼會剪出這種毫不對稱的醜陋短髮，原來眞相竟是這樣啊……

經過這段小插曲，艾倫已完全打消追求潘蜜拉的念頭——首先，他不是個有戀童癖的變態，對這麼小的孩子實在提不起興趣；其次就是他要娶的是人，而不是一頭吃人不吐骨的小老虎！

可世事有些時候就是奧妙，緣分嘛！可不是想要避開便能夠避開的……

□

艾倫與潘蜜拉在紫藤花下的相遇，絕對談不上絲毫詩意，也沒有任何旖旎。相反地，由於當中涉及王室內鬥，以至兩人很有默契地把事情隱瞞下來。誰也不知道史賓社公國的王儲與菲利克斯帝國的長公主，其實早在傑羅德與卡洛琳大婚的當年已經結識。

雖然艾倫沒有把潘蜜拉視爲妻子的人選，可是兩人卻成爲了不錯的朋友。

相交半年後，艾倫收到一封潘蜜拉所寫的親筆信，兩人往常皆以魔法晶球互通消息——畢竟對王室成員來說，可不缺這種昂貴的通訊設備。收到潘蜜拉的書信還是第一次，這讓艾倫對這封信的內容非常好奇。

出於好奇，艾倫沒有讓侍從把書信放進書房，而是即席在廳桌上打開信件，迫不及待地邊吃邊看。

書信比想像中長，以正式的外交禮儀書寫，足足三張羊皮紙上寫滿了字。一段優雅卻沒啥內容的問候語後，潘蜜拉在正文一開始，便單刀直入地切入主題——菲利克斯帝國的王后卡洛琳懷孕的消息，並希望少年以此爲契機前來帝國，向她展開熱烈的追求然後求婚……

「噗！」看到這裡，艾倫立即被口中的熱湯嗆到，並痛苦地從口鼻噴出來。顧不得嗆到的痛苦以及侍女們的驚惶失措，艾倫強忍著不適，邊咳邊讀下去。

接下來的內容就是一篇論文，潘蜜拉以非常理性的角度來審度世勢，先列出艾倫雖然不知道撞了什麼狗屎運，竟然能夠重新奪回王位，但在登基後卻遲遲無法掌權的尷尬，以及身為菲利克斯帝國的長公主可以帶給他的協助。

然後就是老實交代她提出這個要求的目的與難處。

她的外祖父比奧．馬拿一直想扶持流有家族血脈、三姊妹的其中一人作繼承人。潘蜜拉身為長公主，各方面都比兩名妹妹出色的她，無疑是實現馬拿家族野心的最佳選擇。如果她一直留在國內，難免會被有心人利用，為了帝國的穩定，潘蜜拉只得急急把自己嫁出去。思前想後，與她相熟又不抗拒嫁給對方的男人，就只有艾倫一人。

「這個丫頭……」看到這裡，艾倫感到心裡某處柔軟的地方被少女觸動了。

想到潘蜜拉為了顧全大局，不得不把自己盡快嫁出去的心情，艾倫便不由得憐惜不已。

書信後半段潘蜜拉卻開始談條件了，少女認爲艾倫平常嘻嘻哈哈的滑頭性格不適合政治，也正因如此，國家在他的手裡一直沒什麼起色。可是她卻不同，不單擁有精明果決的政治頭腦，也有上位者應有的野心。在自吹自擂一番後，更提到雖然艾倫很勉強地重奪了王位，可是半年下來卻搞不定柯帝士的殘留勢力，倒不如換她來試試。何況將來繼承王位的人終究是他們兩人所生的子女，艾倫可以放心把權力下放給她。

侍女們憂心忡忡地盯著國王陛下隨著信件內容而變幻莫測的臉色，此刻艾倫倒是不再咳嗽了，然而拿著羊皮紙的手卻開始顫抖起來，就像癲癇發作的病人……

揮手示意下人們退下，待眾人走遠後，艾倫終於忍不住把手裡的羊皮紙揉成一團：「死小孩！還沒嫁過來便已經想著要奪權，還說得這麼明目張膽……不對！我還沒答應追求她！什麼都還沒發生，這小鬼便已經想著要奪權了!?」

叨罵了一會兒，艾倫抓了抓頭，又再度把揉成一團的羊皮紙攤開來，將信重看一遍：「她就對對付王叔的殘留勢力那麼躍躍欲試嗎？果然一個山頭藏不下兩頭老虎，雖然其中一頭是母的……」

仔細想想，潘蜜拉的話其實也沒錯，當然少女並不知道艾倫實際上並不需要她的幫忙——之所以一直不出手，看似屈辱地任由柯帝士義子查克恣意妄爲，就只是想要找個好機會來個一擊必殺。畢竟柯帝士掌政多年，要是不能把他的殘餘勢力全部逼出來，就如同無法把毒瘤從身體完整切除一樣，終有一天會成爲可怕的致命傷。

不說潘蜜拉能帶給他的幫助，以艾倫的年紀也的確該要成家立室了。而只要一論及婚嫁，不知爲何，艾倫第一個想法竟與潘蜜拉一樣，相熟又看得上眼的人就只有少女一人。

雙方相差了九歲，這個距離說大不大，說小也不小，但終究在可接受的範圍。現在潘蜜拉只有九歲多，追求對方這種事實在是禽獸不如。可將來的潘蜜拉……

幻想著少女成長後那玲瓏有致的身段以及美麗的容貌，還有最難得的端莊氣質，艾倫的心不由得跳漏了一拍。

怎麼以前就不覺得這個沒個子、沒身材的小女孩的臉蛋長得如此好看，氣質如此獨特呢？從潘蜜拉的容貌到對方那外表溫和如水、內裡卻激烈如火的剽悍性情，接著想到雙方相處時難得的輕鬆與默契，艾倫苦苦思索了好一陣子以後，便連飯也不吃了，立即跑到書房執筆回信。

又是一大段令人看得兩眼翻白的問候語，然後這位年輕的國王開始切入正題：「潘蜜拉，看過妳的信後，我認真地考量良久，發現這也是個不錯的建議。但可不可以不要一下子跳至談婚論嫁的階段？」

追求她還算是可以接受，看著少女逐漸長大，逐漸盛放出她的芬芳也是種樂趣，不是嗎？可是現在就把人娶回家的話，他會覺得自己是個變態耶！

□

結果潘蜜拉收到信後不到一天便回信了，而且不是回以普通的羊皮紙，而是直接送來一張魔法卷軸！

看著眼前那散發著柔和微光與殺氣的卷軸，艾倫有種想要裝作從未接收過這東西的衝動。

可惜該面對的終究還是要面對。正所謂想像是美好的，現實卻是殘酷的，公主殿下顯然很不喜歡艾倫的提案。艾倫拉開束縛著卷軸的絲帶，迎來的便是潘蜜拉的一頓劈頭大罵，大致的意思是自己已放下少女的矜持主動提議，他一個大男人還有什麼好忸怩的？沒聽過感情可以在婚後培養的嗎？現在情況緊迫，何況史賓社公國的形勢也不允許兩人的關係慢慢發展，眞的要先交往後訂婚，艾倫那名義上的堂兄不想盡辦法破壞才怪。

然後少女話鋒一轉，以大人教育小孩子的語調訓導艾倫身爲王者不應感情用事，隨即又委屈地質問艾倫自己有什麼不好，有什麼地方配不上他？

魔法卷軸忠實地傳出潘蜜拉的嗓音與語調，少女的嗓音甜美動聽，要是不理會內容的話，聽著倒是一種享受，可現在聽在艾倫耳裡，卻只有種崩潰的感覺。

艾倫覺得自己多冤枉啊！其實他在看過潘蜜拉的要求後雖然感到震驚，但隨即已接納了少女的提議，在心裡把對方視爲自己的妻子。之所以提出這個要求，主要還是爲了女方設想，女孩子不是都喜歡被追求的浪漫嗎？再說他也需要一個緩衝期嘛！一開始便熱烈追求、求婚、結婚、送入洞房，這很尷尬耶！

現在倒好，對方不領情也罷，還浪費一張魔法卷軸來罵他忸怩、教訓他要以國事爲重、質問他有什麼地方看不上自己……一頂又一頂的帽子壓下來，艾倫幾乎要吐血了。

怎麼他有一種良家婦女正被惡霸逼婚的感覺啊？而且他還是被逼婚的那個良家婦女……

咬了咬牙，艾倫很有氣勢地一揮手：「我明白了！我會去向妳展開熱烈的追求，並且與妳先『訂婚』。」

少年把「訂婚」兩字說得很重，這已是他的底線了，還好潘蜜拉思考良久後，總算很大度地與他達成共識。

經此一役，艾倫已充分感受到這頭母老虎的戰鬥力了，並暗暗決定娶回來以後首先要做的事便是禍水向東引，絕對要把潘蜜拉的注意力引向與查克的大鬥法上！

□

於是，親自前往帝國探望懷孕的卡洛琳的艾倫，與長公主潘蜜拉「初次相遇」了，隨即少年便像著了魔一般，向年僅九歲的女孩展開熱烈的追求。

對於艾倫與潘蜜拉的事情，早已表態過的傑羅德自然很贊成兩人的交往，雖然他覺得以現在女兒的年紀來說，要交往實在是小了點……只是君無戲言，何況兩人又是你情我願的兩情相悅，傑羅德倒沒有立場阻止，只是與艾倫約法三章，兩人只能先訂婚，但眞正舉辦婚禮至少要等潘蜜拉成年才行。

於是在半年後，艾倫便與剛滿十歲的潘蜜拉訂婚。這還是艾倫私下向潘蜜拉爭取的結果，對公主殿下來說，爲了逃避外祖父的糾纏，當然是愈早訂婚愈好，可艾倫卻也有著男人的堅持——十歲至少是個兩位數的年齡了，聽起來沒有九歲那麼小，不是嗎？

將會出嫁至別國的公主意味著與王位無緣，潘蜜拉名花有主後，馬拿家族很乾脆地立即放棄她，改爲大力支持二、三公主。而女孩也總算如願以償地獲得了七年悠閒的時光。

七年後，剛舉行了成人禮的潘蜜拉便迫不及待地離開出生成長的菲利克斯帝國，就像一隻展翅高飛的鳥兒般，懷著異樣的興奮心情，興致勃勃地往史賓社公國出發。

□

王族的婚宴自然有很多東西須要打點處理，雖說史賓社公國只是一個貧困的國家，但也不能表現得太寒酸，即使兩人的婚禮不至於像傑羅德那樣舉辦幾天幾夜，但事前也需要很長的時間來準備。

離開馬拿家族的束縛後，潘蜜拉反倒不急著結婚了，兩人商量過後，決定等半年後才正式舉辦婚禮。

雖說潘蜜拉暫時仍只是國王未婚妻的身分，可是在艾倫的命令下，眾官員還是以覲見王后的規格來迎接她。

可令他們始料未及的是，不單止官員，他們經由傳送陣到達史賓社公國後，還要應付一大堆不知從何獲得消息、早就在傳送陣附近守株待兔的貴族。

在送走最後一批前來道賀的客人時，兩人簡直覺得臉皮都笑得沒有了知覺，雙腳更是痠痛得打顫。

沖了一個舒服的熱水澡後，艾倫才覺得自己總算活了過來，清閒下來便想起那位獨處於客房中的未婚妻，青年決定先找女孩培養一下感情再睡。

敲了敲客房的門，很快房門便打開來，從門縫中探出一個濕漉漉的頭顱。

顯然剛洗完澡後還來不及把頭髮擦乾，潘蜜拉一頭還散發著水氣的半乾長髮貼上了臉頰與背部，雪白的睡衣襯托得她像個天使般可愛。看到女孩的樣子，艾倫愣了愣：「妳怎麼親自來開門了？妳的侍女呢？」

潘蜜拉眨了眨眼睛：「我洗澡與睡覺的時候不習慣有外人在，就把她打發出去了。」

糟糕！是孤男寡女的狀況呢！看著身穿精緻的純白睡衣、神情似笑非笑的潘蜜拉，艾倫裹足不前，暗暗評估著推門進去後被毆的機率到底有多少。

看艾倫活像可憐的小狗般不敢上前，表面上冷靜無比、可心裡還是免不了緊張尷尬的潘蜜拉反而放鬆下來了，心裡懷著既然打算與對方過一輩子，也不好太欺負他，何況放他進來也應該做不了什麼壞事，潘蜜拉很大方地掩嘴一笑：「進來吧！」

艾倫笑著進入了潘蜜拉的房間後，很順手地拿起少女掛在門旁的毛巾，替對方擦起因濕氣而更顯艷紅的髮絲來。過於貼近的距離，讓潘蜜拉感受到對方的呼吸與體溫，令少女有點兒不適應，不由得往旁縮了縮身子。

察覺到潘蜜拉的反應，艾倫悶笑起來，心想這女孩也沒有想像中那麼大膽嘛！

「有什麼好笑的？」潘蜜拉不高興了。

「呃……沒有……」

「虧你還笑得出來，我可是悶了一肚子的氣。」

「妳是說查克親王？還是首相？財務大臣？還是眾位將軍？」回想著查克那位名義上的堂兄，以一臉牙痛的表情，皮笑肉不笑地向兩名新人獻上祝福時的模樣，艾倫實在覺得舒坦無比，就連被潘蜜拉逼婚的小委屈也瞬間煙消雲散。

「都有！你這個國王到底是怎麼當的？當年搞不定王叔我不怪你，畢竟父王過

世的時候你還年幼。可那個查克到底算什麼？他只是你王叔的義子，既然你能夠成功登上王位，那爲什麼不順道解決這個禍害？宰相、財務大臣以及軍方元帥代表了一個國家的政治、經濟與武力，這三大頭你至少要拉攏到其中兩人才行。但你看看在我們傳送回來時，那些人是什麼樣子？除了禮貌性向我們道賀了數句以外，便一直留在查克身邊，只差額上沒寫著『繼承柯帝士意志、奉查克爲主！』幾字，這半年來你都白活了嗎？」

艾倫委屈地喊冤：「我的王后大人，不要這麼損人嘛！妳不可以因爲這些小缺點而忽略了我的優點，想我艾倫．史賓社不嫖不賭不嗜酒，這麼好的老公到哪裡找？」

「哼！還王后大人呢！待你成功把那個查克解決掉再說吧！我本來已作好心理準備，想不到國內的情況比想像中還糟，似乎計畫要做出一些變更了。」

「妳是認眞的嗎？好過分……還沒嫁過來便想著要架空自己的丈夫……」

潘蜜拉嘆了口氣：「就算是架空，我也是架空查克親王的權力，關你什麼事了？艾倫，我也不欺騙你，流有馬拿家族血統的人權力慾都比較重，就像有些人喜歡錢、有些人喜歡美人，我所喜歡的是權力。因此我不適合菲利克斯帝國，此刻帝國所需要的是像卡洛琳母后那種溫柔的人。可史賓社的形勢需要我，也適合我的野心，而且我能夠幫上你的忙，這麼說你明白嗎？」

艾倫幽幽說道：「妳就直說妳不想禍害自己的國家，因此嫁過來禍害我們便可以了。」

潘蜜拉錯愕了好一會兒，隨即沒好氣地說：「我是來幫你的。要是單憑你的力量能夠搞定查克的話，我就不會這麼急著與你訂婚了。再怎麼說，也是從小便認識的人，難道我會想要害你嗎？」

艾倫忽然站了起來，就這樣居高臨下地凝望著坐在沙發上的少女。青年的雙瞳在黑暗中反射出淡淡的冷光，這個素來嘻嘻哈哈、看起來人畜無害的男人，此刻卻散發出一種王者的威嚴，令潘蜜拉有種喘不過氣的感覺。

「我總算明白了，妳之所以選上我，當然對我有好感是其中一個原因，但還有一點是因爲妳壓根兒看不起我，老實說，我有點生氣呢！不過衝著妳最後那句話，我還是給妳一個機會吧！潘蜜拉，妳要與我賭一場嗎？就賭我們兩人，誰更快把查

克打壓下去！」

艾倫的轉變讓潘蜜拉錯愕不已，想不到這個素來像鄰家大哥哥般疼她的男人會有這麼強勢的一面。雖然青年的凝視令潘蜜拉充滿壓迫感，可這名倔強又驕傲的公主卻連視線也沒有移開半分：「賭就賭，誰怕誰！可你不是自誇自己是不嫖不賭不嗜酒的三好青年嗎？」

艾倫錯愕了一下，隨即忍不住笑了起來，一身令人窒息的王者氣息也頓時消散無蹤，讓少女暗暗地舒了口氣。

「說眞的，老婆大人，妳到底喜歡什麼樣的男人？說出來大家參詳一下吧！看看我還有沒有改善的空間。」

潘蜜拉鄙視地瞟了艾倫一眼，隨即開始扳著手指數了起來：「我理想中的丈夫嘛……首先要長得高大英俊，讓人一眼看過去便感到溫暖安心；其次性格溫和有禮，劍術至少能夠以一敵百，一身王者氣息讓人不由自主地想要追隨；還要很有耐性、很喜歡小孩子……」

少女數到這裡，艾倫終於忍不住大笑起來：「這是哪門子的少女情懷呀？想不到精明的老婆大人也有這種可愛的時候。妳的丈夫藍圖該不會來自於傑羅德吧？像妳父王那種優秀的人不能說世上再也沒有，但普天之下妳又能找出幾個？所以嘛～妳能夠碰上這種完美情人的機率是微乎其微，比妳贏上這場賭博的機率更小。還是別作夢了，安心做我的王后就好，反正我也不差嘛！」

把話說出來後，潘蜜拉便已經後悔，她早就知道這種少女情懷聽起來很傻，可艾倫的凝視卻像有著魔力般，讓她不由自主地把心裡話脫口而出。

想不到一番眞心話卻換來青年的嘲笑，這讓潘蜜拉怒不可遏地站起來往裡走。

「去哪了？」艾倫的語氣依然帶著輕微的笑意，令潘蜜拉一肚子氣難以發作。

「上廁所！」說罷，少女怒氣沖沖地走進設置在房裡的獨立廁所，並「砰」地一聲把門摔上。

艾倫摸了摸下巴，對著空無一人的黑暗笑道：「她還滿可愛的嘛，不愧是我的老婆，更加喜歡她了！保羅，從明天起派一個小組貼身保護王后。查克不敢明刀明槍地來，只怕他會使陰的來對付潘蜜拉。」

忽然在黑暗中傳出了男人的嗓音：「遵命。」

說罷，艾倫接著補充：「晚上就不用在潘蜜拉的房內戒備了，給我在房間外警戒就好。」

男人很想問一句：「難道陛下你打算摸黑進來夜襲嗎？」，並且很想告誡一下對方他那位未婚妻的武力值可不低。不過想到對方尊貴無比的身分，這種事可不是他一個小小的護衛可以插口的。男子最終還是決定三緘其口，任由偉大的國王陛下折騰去吧！

□

第二天一早，潘蜜拉來到餐桌後便悶聲不響地吃著早飯，一副餘怒未消的架勢。一旁的罪魁禍首艾倫思前想後還是沒有膽量去挑戰小妻子的怒意，於是也就自顧自地沉默吃起早餐來。

有了這個開端，接下來每當兩人獨處時，潘蜜拉就理所當然地用後腦勺對著艾倫，隨即青年便識趣地不去打擾老婆大人，自顧自地安靜做起自己的事。

潘蜜拉不知道這算不算是情侶間的冷戰，可是在氣消後，兩人的關係卻明顯陷入了僵局，本來少女打算等艾倫哄她時順著下台階原諒對方，怎料艾倫卻露出一副自得其樂的模樣，這令潘蜜拉完全不知道該怎樣打破這個局面。

□

數天後的一個晚上，就在潘蜜拉以爲青年再也不會理會自己的時候，艾倫卻出乎意料地來敲她的房門：「老婆，妳的氣應該已經消了吧？可以不用繼續把背脊對著我了嗎？雖然妳的背脊是世界上最美麗的背脊，可是我還是很想念老婆大人的花容月貌耶！」

艾倫不說話的時候，潘蜜拉還能夠賭氣地假裝不在意，可現在未婚夫主動開口哄她了，滿心的委屈與難過頓時湧上心頭。

看少女打開門，卻依舊用著世上最美的背脊對著自己，艾倫嘆了口氣，猶豫了一下，便從後抱住鬧脾氣的妻子：「別生氣嘛！這幾天妳在公然奪權，我不是也沒

有生氣嗎？」

也不知道是被剛才的話嚇到，還是不習慣艾倫突如其來的親暱舉動，潘蜜拉的身軀僵硬得動也不動，良久才悶聲說道：「就算是奪權，我也是奪查克的權。」

艾倫笑道：「我知道，所以我沒有阻止妳，但老婆大人，妳可要注意安全啊！那老傢伙可不簡單。」

潘蜜拉翻了翻眼：「我們有賭約在，要是你阻止我的話，便是毀約。」

艾倫好脾氣地笑道：「是、是。那現在老婆大人不生氣了嗎？不生氣的話，就讓我看看那比背脊更漂亮的正面吧！」

潘蜜拉的冷面終於破功，轉過身來嫵媚地瞪了抱著自己的青年一眼：「貧嘴！放開我，我要睡了。明天還要與財務大臣開會。」

「不要！抱著老婆睡覺是天經地義。嗚～好過分，在我的懷裡還想著其他的男人……」

「哎……算我怕了你，你喜歡就再待一會兒吧！反正天氣也有點冷，可睡覺的時候你要出去！」經過數天的相處，潘蜜拉已經逐漸習慣了艾倫的觸碰，倒不太排

斥青年溫暖的懷抱。

待在艾倫的懷裡很舒服，潘蜜拉也不知道自己什麼時候睡著了。半睡半醒中感到自己被青年抱至睡床上，對方在替她仔細地蓋好被子後，便躡手躡腳地離去。迷糊間，潘蜜拉心想選擇艾倫作丈夫其實也不錯，至少這個男人給予她很大的自由，與他相處也覺得很舒服自然，說不定自己有天會眞的愛上他吧！

□

自從潘蜜拉來到史賓社公國並獲得艾倫授權後，少女便開始積極地投入國家的權力中心。雖然她還未正式站在王后這個位子上，可有國王的縱容，再加上少女那菲利克斯帝國長公主的身分，以及她本身的實力，令潘蜜拉擁有大刀闊斧進行改革的本錢。

身爲泱泱大國的長公主，潘蜜拉自小便在耳濡目染下得悉不少政治知識，更常常幫助外出的傑羅德治理國家，可謂經驗豐富。所站的高度不一樣，看到的風景自然與史賓社公國土生土長的官員有所不同。在潘蜜拉的帶領下，國家實施了一系列開源節流、增加商機的措施，短短數月便初步看到成效。一時之間，準王后潘蜜拉在民間的名聲大振，輕易蓋過了整日無所事事的國王艾倫，以及不得人心的查克親王。

拜潘蜜拉的高民望所致，艾倫的民望也變得前所未有地高漲，讓一直想學習義父謀朝篡位的查克陷入進退維谷的局面。

相比於潘蜜拉的活躍，艾倫的表現便令人失望了。身爲狩獵的狂熱者，艾倫每天花費很長的時間在這種刺激的活動上，不單止毫不理會查克拉攏羽翼的舉動，對朝政更是漠不關心。爲了這事兩人已吵過無數次，可每次都是不歡而散。

艾倫經常會把一些處置上的難題交給潘蜜拉處理，這些都是對少女來說有點困難，但又不至於解決不了的問題，以少女的能力來說總是剛剛好，久而久之，潘蜜拉不免疑心艾倫到底是不是有意以這種方法來栽培她？

不過，看到艾倫把難題丟給她以後便不聞不問的態度，潘蜜拉最終還是認爲自己想多了。那傢伙根本就只是因爲懶，才把問題都丟給她處理的吧？

「即使我有別的想法，但財務大臣他們也不會採用的。既然如此，就讓老婆大人妳代勞吧！反正妳也做得很不錯嘛！不是嗎？」

回想著艾倫進入森林前那一臉無所謂的神情，潘蜜拉便有種想要打人的衝動。她自己也不明白事情明明向著自己所想的方向前進，爲什麼她就是開心不起來？

也許的確如艾倫所說，選擇嫁至史賓社公國是因爲她壓根兒看不起艾倫，認爲他是個沒有能力、只能依靠她的幫助才能坐穩王位的庸才。可是在相處過後，卻發現艾倫並非池中物，雖然這個男人毫無建樹，性格滑頭又不正經，可潘蜜拉卻覺得他有著高潔的靈魂。

因爲有了期望，所以在看到艾倫統治國家的表現後她失望了。

也許她眞的過於貪心了吧？既希望能夠掌握國家的政權，又希望身爲國王的丈夫非尋常人，世上又怎會有這種兩全其美的好事呢？

□

在潘蜜拉胡思亂想的同時，查克也在和心腹們討論著這位平空出現、什麼事都要插一腳的準王后陛下。

自從這個女人進了史賓社公國後，查克都快要鬱悶死了。潘蜜拉和艾倫不同，這個女人從進入公國的第一天起，便展現出對政治的強烈興趣，偏偏對方有著菲利克斯帝國這個強大的背景，讓查克在明在暗都不好下手。

查克不是沒嘗試過派出刺客，可派出去的人卻石沉大海般，一個也沒有回來。幾次下來查克也怕了，他不知道這到底是帝國的力量還是艾倫派出的暗衛守護所致，但也足以嚇得查克不敢再使出這種陰險的手段。

可現在查克的忍耐已到達極限。再這樣下去，查克可以預想到艾倫離眞正掌握國家已經不遠，到時候查克多年的野心便會化爲烏有，餘生只能靜下心來當個閒散親王。再想及他與義父從小是如何對待艾倫的，查克更是覺得坐立難安。

只能說當年的事他們眞的做得太絕，查克早已是騎虎難下，只能與艾倫鬥下去，直至獲得結果爲止。本來他的義父柯帝士已經成功，而且沒有子嗣的他更承諾會把王位傳給自己，偏偏柯帝士卻突然心臟病發逝世，結果唾手可得的王位便便宜

了艾倫。他不甘心！那本就是屬於他查克的位置，艾倫憑什麼坐上去!?

查克不知道艾倫是怎樣想的，可將來要是讓他奪權成功的話，他一定不會讓艾倫活下去，絕不給敵人有翻身的機會！也許艾倫還會顧及些許親情，可是以潘蜜拉的行事風格來看，卻絕不是心慈手軟之輩，別看她年紀輕輕的，是個從小錦衣玉食的公主，這個女人行事比男人還要果斷！

「大家……怎麼看？」

「潘蜜拉殿下已在民間建立起不錯的名聲，我們不能任由這狀況繼續下去。查克殿下現在絕不能退讓，退讓只會引來對方步步進逼。」

說話的人是宰相赫爾曼。環顧四周，除了赫爾曼以外，基斯元帥、財務大臣等各部門的巨頭也在，人數足佔高官的七成。這些人要是集體罷工，那麼整個史賓社公國的運作只怕會無法倖免地陷入癱瘓，而這些人脈也是支撐著查克野心的本錢，從中可見柯帝士多年來的累積到底有多可怕。

「怕她做什麼？這種小丫頭我派一隊刺客出去，包準讓她從此消失於世上。」

一名高級軍官粗聲粗氣地道。

對於軍官囟橫霸道的言行，查克的眼中閃過一絲不喜，他早就對這個即使面對他也沒有絲毫敬意的男人很不滿，無奈現在他很需要各方的力量，而他吸納黨羽的手段不外乎禮賢下士、威逼利誘，因此即使對這名軍官再不爽，查克還是要很大度地裝出一副毫不在意的表情，可其實早就把這事記在心裡。

還好在場的人不是都像這個軍官那麼沒腦，不用查克開口，基斯元帥已出言輕斥：「別胡來！難道你以爲若要對潘蜜拉殿下出手，查克殿下做不到嗎？別忘了潘蜜拉殿下身後有菲利克斯帝國這個龐然大物，要是她在我國境內遭遇不測，傑羅德的怒火不是區區史賓社公國可以承受的。」

聽到基斯元帥責罵那名軍官的內容，查克不由得感到一陣尷尬，因爲他就曾經不顧後果地派出刺客去刺殺潘蜜拉……

「或許查克殿下可以嘗試找個機會與潘蜜拉殿下談談。」財務大臣笑呵呵地道。這個老人永遠都是一臉笑容，尤其在拒絕其他部門申請撥款時更是笑得燦爛，被同僚冠以「笑面虎」的稱號。

「可是潘蜜拉會願意與我聯手對付艾倫嗎？艾倫終究是她的丈夫。」如非必要，查克也不願意招惹潘蜜拉這個菲利克斯帝國的長公主，要是能夠和平相處，查克寧可分出手上的部分權力，也不願意與對方硬碰硬，因此財務大臣的提議立即令他雙目一亮，示意對方說詳盡一點。

財務大臣依舊是一副笑咪咪的神情：「如果她眞的在乎艾倫陛下，又怎會如此明目張膽地插手干預政事呢？據我所知，馬拿家族的子女全都有著很大的野心。以艾倫陛下的性格……說句大不敬的話，我不認爲他有駕馭潘蜜拉殿下的能力。」

看查克明顯意動的神情，宰相赫爾曼也加上一句：「這個提議不錯。潘蜜拉殿下的確有著不俗的管治能力，可她終究是個外來者。只要解決掉艾倫陛下，潘蜜拉殿下就不再是個威脅。要知道只要艾倫陛下不再是國王，那麼她也只是名別國的公主而已！」

剛從森林狩獵回來，衣服上還沾有泥濘的艾倫，遠遠便看見負責照料潘蜜拉起居的侍女站在門前守候。

未婚妻特意派遣侍女在門前等他回來，艾倫衣服還來不及更換，便立即尾隨侍女來到書房，想不到前腳剛踏進去，潘蜜拉便告訴他如此驚人的消息。

「查克邀妳進府一聚？」

看青年驚叫一聲後便以異常古怪的眼神盯著自己看，怪異的反應出乎潘蜜拉的意料。少女本以爲對方也許會猜疑、會惶恐、會焦慮，可他驚訝是驚訝了，但這種眼神到底是什麼意思？

被艾倫看得有點不爽，潘蜜拉皺起了眉：「怎麼了？」

看到未婚妻皺起的眉頭，艾倫這才收起古怪的神情，有點羞赧地笑道：「沒什麼，我只是太高興了，想不到妳會把這件事告訴我。」

潘蜜拉挑了挑眉：「你認爲我會與查克殿下一起合作對付你嗎？」

艾倫搖了搖頭：「那倒不會。妳那麼聰明，又怎會做出這種與虎謀皮的傻事情呢？要知道查克打著的絕對是把我們夫妻分化、逐個擊破的心思，要是我失去了王位，那作爲我的未婚妻，妳的處境只會變得很尷尬。」

少女抿了抿嘴：「你也知道我身爲萬年無法掌握實權的國王的未婚妻，處境很尷尬嗎？我眞不明白，你並不是個愚蠢的人，怎麼會任由查克這麼囂張也不聞不問。」

艾倫笑嘻嘻地說道：「老婆大人懂得關心丈夫了呢！有進步，又再喜歡妳多一點了。」

直白的話語讓潘蜜拉的臉龐遍布美麗的紅暈，少女沒好氣地瞪了對方一眼：「我一直都很關心你好不好！如果你不是……」

話說到這兒，卻倏然而止。

如果你不是那麼不爭氣的話，我也不用如此辛苦了。

潘蜜拉也不知道從何時開始，她的心思已由掌權後將艾倫一腳踢開，變成了希望把他扶植成一個好國王。

艾倫的性格跳脫，雖然略嫌不夠穩重，可是這種性情卻很適合她。而潘蜜拉也不得不承認，在史賓社公國生活的日子的確是很舒心愉快，艾倫的放任讓她可以放手而為，既滿足了少女的野心與權力慾，又不至於影響兩人之間的感情。如果艾倫再有實力一點、再積極一點，她有信心終有一天能夠把公國打造成一個強大、富裕的國家。

艾倫自然不會知道少女的複雜心思，依舊一臉的嬉皮笑臉：「如果我不是什麼？老婆大人妳別繼續對著我翻白眼好嗎？雖然妳的眼白是世界上最美麗的眼白，但我還是覺得妳那雙紫藍色的眼珠子更加美麗動人。」

年輕國王的說詞，讓潘蜜拉不由得想起他們第一次冷戰後和解的晚上，當時艾倫也是以這種語氣笑言她的背脊是世界上最美麗的背脊。回想起當時的情境，潘蜜拉的心頭不知為何生起一種很溫馨的感覺，被艾倫逗得莞爾一笑：「油嘴滑舌。」

想起當時自己是因為艾倫取笑她的少女情懷而生氣，因此冷戰時故意用背脊來對著青年的幼稚舉動，潘蜜拉便不由得感到好笑。現在細細回想，卻覺得艾倫當時的話滿有道理的，她的擇偶條件絕大部分都是緣於對父王傑羅德的仰慕，如果真的

讓她嫁給一個溫和有禮的傢伙，大概往後所過的便是夫妻間平淡如水、相敬如賓的生活吧？

現在潘蜜拉卻反而覺得艾倫這種性格的人，比她當初所設想的夢中情人更適合自己。雖然艾倫個性滑頭又不正經，可他會放下身段來逗自己開心，讓她有被疼愛、被關心的感覺。

艾倫曾經稱讚過她到達史賓社公國後所推動的一系列強國富民政策，潘蜜拉看得出對方的讚賞是眞心的，他是眞的爲了人民的生活能夠得到改善而高興，是眞的敬佩她的能力與才智。也許就是這種廣闊的心胸，令潘蜜拉對這個在將來會成爲她丈夫的男子有了心動的感覺了吧？

潘蜜拉嬌嗔的樣子俏麗可愛，令艾倫不禁怦然心動。

「潘蜜拉，妳應允查克的邀約吧！」

「你在試探我嗎？」潘蜜拉聞言神色一變，雖然依舊是輕聲細語，動作神態莊雅得無可挑剔，可艾倫對上她的眼睛時，還是感到背脊陣陣發涼。

老婆很生氣，後果很嚴重。

艾倫慌忙搖首否認：「不不不！怎會呢？天地神明作證，我是百分之一百信任老婆大人的！」

聽到艾倫連神明都扯出來發誓了，臉上的神情也不像在作僞，潘蜜拉的神色緩和了些，並且很女王地用眼神示意對方好好解釋。

未婚妻餘威未息，艾倫衝著少女討好一笑：「其實也沒什麼，只是與查克周旋了那麼久我也膩了，就想也是時候該做個了結了。」

青年說得太輕描淡寫，令潘蜜拉良久才反應過來：「你說什麼？你難道想和查克硬碰硬？年紀輕輕的，別這麼不把自己的生命當一回事，凡事要三思而行啊！」

潘蜜拉的反應讓艾倫哭笑不得，想不到自己難得想要向未婚妻坦白，可得到的卻是大人訓小孩子般的教訓。

「我自然是有所依仗才會這樣說的。這些年之所以一直容忍王叔與查克的存在，是因爲我想要盡量減短國家內戰的時間。正所謂打蛇要打七寸，要是沒有必勝的把握，輕率挑戰一條狡猾又狠毒的毒蛇，無疑是找死的行爲。」

潘蜜拉聞言半信半疑：「你現在就這麼有信心能夠把毒蛇一擊必殺了嗎？怎麼

我覺得最終的結果會是你身中劇毒來找我求救？」

艾倫作狀用手背抹著眼淚：「好過分……身為我的王后，妳怎能不相信我？」

對於艾倫的故作悲傷，潘蜜拉完全不為所動：「我就說我們只是未婚夫婦的關係而已……你要人家相信你，那也要有令人信服的理由才行吧？回想你一直以來的表現，又怎能說服我說你擁有與查克一拚之力？」

面對潘蜜拉的質疑，艾倫默然走到潘蜜拉身前，並彎下腰雙手按在未婚妻的座椅扶手上，雙眼透著狡黠，居高臨下地俯視著被他困於臂彎中的少女：「這是祕密，現在把底牌掀開就不好玩了。不過我可以透露一點點給妳知道。老婆大人，妳仔細想想，如果我眞的只是個什麼也不管、什麼也不理、只顧著玩樂的廢物，眞的能夠在王叔的威脅下存活至今，甚至還能在他死後翻盤嗎？」

潘蜜拉想了想，很中肯地評價：「也許是因為查克想要尋找一個最佳時機才出手呢？」少女無法忘懷首次與查克見面時的情境，對方擁有大部分官員的支持，潘蜜拉始終不認為艾倫擁有與之抗衡的能力。

青年自信一笑：「那妳又怎知道我不是也同樣在等待著出手的時機？潘蜜拉，

我早已不是那個無法掌握自己命運、被人派至前線戰場送死的孩子了。」

艾倫的身體遮擋了光線，處於陰影下的潘蜜拉不由得生出威逼感，卻倔強地凝望著艾倫的雙眼毫不示弱。她喜歡青年現在的樣子，炯炯有神的雙目閃現著野心與激情，就像一頭睡醒的雄獅，充滿攻擊性卻又有著特殊的魅力，讓人移不開視線。

良久，艾倫緩緩把上身傾前，把嘴巴貼在少女耳邊輕聲說道：「妳又怎麼知道……柯帝士王叔真的是死於心臟病發，而不是某種不知名的毒藥呢？」

潘蜜拉聞言，雙目倏地瞪大，她是真的被青年這句話震撼到了。

「……既然你不需要我幫忙，那史賓社公國的事情我可不奉陪了，你與查克慢慢玩吧！」

沉默了一會兒，潘蜜拉拋出一句話後，便一腳踢在艾倫的小腿骨上，隨即不理會抱腳痛得到處亂跳的未婚夫，一臉不爽地站起來便往外走。

艾倫慌忙拉住少女的手臂：「好端端的，怎麼又不高興了？」卻被潘蜜拉轉過身來露出的難過神情嚇了一跳。

從潘蜜拉來到史賓社公國以來，兩人雖然一直在互相較勁，可艾倫對這個未婚

妻是眞心的好，在艾倫心裡，妻子就是用來疼的，雖然有時候會故意逗她生氣，可卻從未想過會因自己的緣故令少女的臉上出現這種難過的神情。

艾倫不覺得自己是個愚蠢的人，可是現在他看著潘蜜拉失落的表情卻傻掉了，完全不明白令她難過的原因。知道未婚夫並不如想像中無能，正常來說不是應該很高興的嗎？

不明白問題所在，因此艾倫也不知道該怎樣安慰對方，只能說些很空泛的話來哄著她。可惜甜言蜜語對付一般女子也許很有效，可是卻偏偏搞不定潘蜜拉，在少女幽怨的目光下，艾倫幾乎鬱悶得要撞牆了。

「哎……老婆大人妳行行好，直接告訴我錯了什麼吧？犯人在行刑前也有進行審判的權利，不是嗎？」

艾倫一副被遺棄小狗般的可憐表情，終於讓潘蜜拉破涕爲笑：「貧嘴！」

看青年的樣子，似乎眞的不知道自己爲什麼傷心生氣，潘蜜拉嘆了口氣，隨即一臉嚴肅地道：「艾倫，你老實告訴我，自始至終你是不是一直在防著我？」

艾倫錯愕地反問：「爲什麼妳會這麼想？」

潘蜜拉悲傷地垂下了眼簾：「如果不是防著我，那麼你為什麼一直在我的面前偽裝？為什麼不讓我知道你所掌握的真正實力？你知不知道我有多擔心你的安危？我是很喜歡權力沒錯……但是我終究是你的未婚妻……而且，我也不喜歡查克這個人……」

少女正氣凜然地質問，到了後來卻變得亂七八糟，臉上更浮現起可疑的紅暈，雙目甚至望天望地，就是不敢對上艾倫的視線。

艾倫持續著錯愕的神情，良久，驚愕漸漸轉變成驚喜。

「潘蜜拉，我的老婆大人，我真的愈來愈喜歡妳了。」艾倫輕輕把少女擁進懷中：「我承認起初之所以隱瞞著妳，的確是有著不信任的因素存在……」

感受到懷裡的人全身一僵，艾倫苦笑著伸手輕撫少女一頭柔順的長髮：「我是妳的未婚夫沒錯，可我也是史賓社公國的國王，我的行為要對整個國家、所有國民負責。所以這段時間我一直放任妳插手國家的事務，就是想要試探妳到底會把政治掌控至哪種程度。如果妳是像柯帝士王叔那種獲得權力後便貪婪地想要更多、不擇手段的人，那麼……」艾倫沒有把話說下去，可少女已明白對方的意思了。

潘蜜拉並非不講理的女子，相反地，她百分之百遺傳了傑羅德那公平正直的性格。雖然艾倫的計算與裝傻讓少女感到很不爽，可她還是對青年的舉動表示理解，甚至服軟地小聲解釋：「我是喜歡掌權沒錯，這也許是馬拿家族族人無法抹去的天性吧？這點我並不否認。可是、可是我也是希望能夠保護你……」

潘蜜拉難得的小鳥依人之態，讓艾倫心猿意馬，可惜現在不是親熱的時候，少女此刻需要的是安慰，並不是輕薄。

壓下親吻懷中少女的衝動，艾倫拍了拍潘蜜拉的背部安慰道：「我知道，所以我才選擇在這種關鍵時刻與妳坦白。潘蜜拉，妳願意原諒我、願意幫助我取回身為王位繼承人應得的權力嗎？」

少女抬首看著艾倫肅穆的神情，此刻青年哪還有半分平常吊兒郎當的樣子？無論是對方一身凜冽的王者氣質，還是霸氣認眞的眼神，都讓她心折不已。潘蜜拉很喜歡平常笑得沒心沒肺、沒啥心機的艾倫，因爲對方願意放任她做喜歡的事情。可少女知道這種喜歡只是對家人、對朋友的喜愛，她只是喜歡與這個人相處時的輕鬆感覺，喜歡對方所帶給她的生活環境，卻與愛情無關。

她是一個驕傲的人，她不要求艾倫有多大的成就，但至少艾倫身爲從降魔戰爭中歸來的勇士，潘蜜拉無法忍受對方庸碌無能地過日子，把國王的責任置之不理。

現在她終於知道自己的丈夫並非如想像中那麼不堪，不單如此，還是個在無聲無息間便把棋局布置好的強者。看他此刻自信滿滿的神情，似乎對付查克這種大事只在他一念之間。這讓潘蜜拉好奇得受不了，很想知道對方到底爲什麼擁有如此充足的自信。

「要幫助你也不是不可以，誰教你是我的未婚夫呢？只是你要先告訴我到底爲什麼那麼有把握，我可沒有找死的興趣。」

潘蜜拉這番話無疑是承認了艾倫身爲丈夫的地位，一直以來都是艾倫在單方面高呼「老婆大人」的獨角戲，現在對方難得說出確立雙方關係的話，可艾倫卻不解風情地一口拒絕潘蜜拉的要求：「才不要，底牌要到最後一刻揭曉才好玩，不然怎能凸顯出我的英明神武？」

潘蜜拉抬首看著艾倫，瞇起的紫藍眸子閃過危險的光芒。

艾倫笑道：「而且妳別騙我說擔心自身安全這種謊言，傑羅德給了妳多少嫁

妝，我多多少少也知道一點。」

少女驚訝地瞪大雙眼，沉默良久後忽然把話題一轉，卻是不再執著於艾倫的底牌了。

依潘蜜拉的想法，既然艾倫對她的「嫁妝」有一定程度的了解，那就表示青年對國家的掌控力已大大超出自己預期。他執著不說的話，也許也是計畫的一部分，繼續拘泥於這點也沒有什麼意思。或許與艾倫一起到查克家走走過場，順道看謎底揪盅也是個不錯的娛樂？

想到這裡，潘蜜拉嘆了口氣：「你要我怎樣幫忙？」

□

在潘蜜拉與查克會面當天，潘蜜拉終於知道艾倫的自信所依仗的到底是什麼。

雖然早已從兩人的對話中猜測到青年有著強大的底牌，可是當潘蜜拉依照艾倫那「妳什麼都不用做，只要應邀赴約，然後坐在一旁看好戲就好」的要求而來到查克的府第，卻看見絕不應該在此出現的艾倫現身於柯帝士家裡時，潘蜜拉還是震驚了。

在赴約以前，潘蜜拉早已預想過千萬種可能性，例如艾倫帶領大軍圍剿查克府第，又例如青年會派出刺客進行刺殺等，在各種心理建設下，少女本以爲再突如其來的狀況也嚇不倒她。

可是當元帥、首相、財務大臣……這些本來陪同查克一起款待潘蜜拉的高官們，在艾倫現身的瞬間竟然不約而同地站起身，恭敬地朝青年行禮時，潘蜜拉是眞的狠狠震撼到了。

這些人不正是曾經效忠於柯帝士、是查克膽敢與艾倫對著幹的依仗嗎？查克擁兵自重，他的府第有私兵把守，艾倫又是怎樣無聲無息地進來的？意想不到的狀況讓潘蜜拉瞬間傻眼。

回想初到史賓社公國之際，潘蜜拉就曾經因爲查克成功拉攏了國家重臣一事而擔憂不已，更曾爲此向艾倫表達過不滿。當時青年無所謂的態度直把潘蜜拉氣得不輕，只覺得這個丈夫實在不爭氣得很。

想不到查克身邊的人竟然全都是艾倫安放進去的棋子，這戲劇性的變化令少女不震驚也不行。

當然在場也有些眞心效忠於查克的官員，可是卻擋不住艾倫那方人多，而且準備充足啊！武官們早就以防備潘蜜拉爲由，獲得查克的許可，在大宅中暗藏了不少伏兵。可惜這些士兵將要對付的人卻不是他們眞正所效忠的艾倫，而是自以爲早已掌控大局的查克！

在艾倫現身的同時，士兵們的利刃便毫不留情地架在查克一方的脖子上，讓他們摸向腰間的手還未觸及劍柄，便只得屈辱地垂下，乖乖地束手就擒。

不單止潘蜜拉震驚得呆了，就連查克也一臉無法置信。男子實在想像不到這些年來他花費大量金錢與心力拉攏的文武大臣，竟然全都是艾倫的人，想到他還以這一點而沾沾自喜，甚至將這些人視爲自己能夠登基爲王的最大依仗，查克幾乎怒急攻心得要吐血了。

一場本應是腥風血雨的權力爭鬥還沒開始便已草草結束，速度快得不可思議。

潘蜜拉看著恭敬站在艾倫身後的眾位大臣呆呆發怔，至今還未從奇蹟般的大逆轉中恢復過來。

一向對外表現得端莊穩重的潘蜜拉，難得一見的傻樣子顯得格外可愛，艾倫笑著牽起少女的手：「查克公爵妄圖煽動眾大臣謀朝篡位，爲免歷史重演，也爲了杜絕他人對王位的妄想，這件事必定要嚴正處理，絕不姑息所有懷有不恰當心思的叛亂者！」

在艾倫宣布了查克的結局之後，潘蜜拉忍不住詢問：「你到底是什麼時候把眾位大臣拉進你的陣營中的？」

少女的質問一出，正要被押走的查克步伐驟然一頓，任憑看守他的兩名士兵如何推動，也不肯再前進半分。這位曾在國內叱吒一時的公爵大人即使大勢已去，仍是鐵了心想要知道眞相，不然只怕自己就是死也死不瞑目。

艾倫見狀也沒有爲難他，對青年來說，對方想聽便聽吧！只是聽罷別氣得爆血管就好。

示意士兵讓查克留下，艾倫便看也不再看這名義上的堂兄一眼：「從一開始。」

「什麼!?」驚呼聲同時來自潘蜜拉與查克，這兩個在這段時間裡鬥得你死我活的人，此刻表現出難得一見的默契。

艾倫被兩人盯得有點不好意思，不由得腆著臉解釋道：「父王早就替我打點好了，當年他逝世時雖然因爲我年幼而把實權交給身爲攝政王的王叔，可是父王還是留了一手。查克你也許沒有發現吧？所有大臣全都是多年來父王一手栽培、完全忠於父王的心腹。只是由於在他們升遷途中曾被父王以各種手法調離身邊好一段時間，所以大家再次進入權力核心時，才沒有任何人發覺。」

青年沒有說出口的是，他一直猜測柯帝士之所以一直無法讓女子懷孕，最終只能收養沒有血緣的查克作義子，也許也是父王所下的暗手。只是這種手段實在不太光彩，因此艾倫只能把這個想法擱在肚子裡。

「既然如此，你爲什麼不從一開始便展現出實力，好讓覬覦王位的人趁早打消念頭？」潘蜜拉看著查克那張一會兒紅、一會兒青、一會兒白的臉，不由得心生同情。只怕這個男人在艾倫以及他的一眾部下眼中，從一開始就是個看不清形勢的跳梁小丑啊！

艾倫攤了攤手：「小時候是實力不夠，雖說位處高位的大臣全都是父王的心腹，可誰知道王叔在暗處藏有多少力量？何況那時候王叔對我還算不錯，再加上我的年紀太小無法服眾，自然沒有推翻王叔的理由。」

「直至年紀漸長，王叔開始露出野心時，卻很不巧地碰上了降魔大戰。受到魔族的威脅，國家再也承受不起內亂，雖然眾大臣極力阻止，可我在王叔的脅迫下，還是決定前往戰場的前線，好以此作為穩住國內動盪局勢的條件。」

潘蜜拉聽到這裡，看著艾倫的眼神不由得柔和起來，既憐惜、又敬佩。

沉醉在往事中的艾倫沒有留意到少女的神色，自顧自地繼續說道：「回國後，柯帝士王叔急病逝世，我便順理成章地登上了王位，卻又輪到不甘心的查克興風作浪。我心想反正安插在王叔身邊的人都藏得好好的，那就陪堂兄玩玩吧！一方面是利用查克作餌，看看能夠釣出多少心懷不軌的人；一方面也是給他悔改的時間，畢竟……畢竟雖沒有血緣關係，他仍是我在世上唯一的親人了……」

艾倫的話讓查克的臉上閃過一絲羞愧，可這柔軟的情感只維持了短短的一瞬間，下一秒便被怨恨取代：「這些年來你應該早已摸清楚我的底細了吧？你敢說你

一直按捺著不出手，不是爲了躲在暗處看我笑話嗎？」

艾倫搔了搔頭：「呃……也不是啦！只是我想要反擊的時候，忽然想到潘蜜拉也差不多要嫁進來了，因爲我看她對政治很有興趣，便想利用你的事情來試探一下她的心意，順道也鍛鍊一下潘蜜拉的手段。」

由於艾倫早就向潘蜜拉坦承過自己利用查克來試探她的事，所以聽到青年這番話，少女遠沒有查克來得激動。

看未婚妻沒有生氣，艾倫一不留神地脫口說出了一句眞心話：「而且看你們表面和睦，暗地裡卻在陰來陰去的還眞有趣。」

潘蜜拉狠狠往艾倫瞪了一眼，可惜這個少女自認爲很嚴厲的眼神，在艾倫眼中卻充滿了別具風情的挑逗。只能說艾倫陛下的自我感覺太良好，未婚妻的所有表情在他眼中全都成了奇怪的暗示。

果然有了如此美麗動人的未婚妻卻一直未能完婚，禁慾禁傻了吧？

艾倫最後那一句眞心話成了一記重拳，查克再也忍不住噴出一口鮮血，雙目一閉，便倒在地上不醒人事。宰相揮了揮手，示意一旁的士兵將人押下，心想查克這麼乾脆地暈倒也算是一種幸福，至少不用被艾倫活活氣死。

一旁負責刑律的大臣小心翼翼地請示：「陛下，請問查克公爵的處置……」

雖然謀朝篡位在任何國家都是殺頭大罪，可畢竟查克還沒來得及出手便被抓了不是嗎？如果艾倫顧及雙方情分，可以利用這點把人輕判，反之也能夠以叛國的名義大作文章，讓查克整個家族陷入萬劫不復的境地。

現在查克家中連下人在內數百口人的性命全在艾倫的一念之間，是從輕發落還是斬草除根，這自然要先問清楚艾倫的意思，才好在開審時掌握方向。

艾倫默默看著失去意識的查克被士兵抬走，臉上的神色變幻不定。

就在青年心亂如麻之際，手中突然傳來軟滑溫暖的觸感，卻是潘蜜拉輕輕握住了艾倫的手，給予對方無言的安慰。

感受到未婚妻的支持與關心，艾倫眼裡的痛苦神色減輕了一點。四周的大臣見狀，互相交換了一個眼神，皆看到了對方眼中的笑意。

回握了潘蜜拉那溫暖的小手，艾倫沉聲說道：「一切依照律法吧！」

如此一來，查克與他的黨羽雖然難逃一死，可是他們的妻兒在削去爵位後仍能

以平民的身分活下來，這已是艾倫對查克最大的寬容了。

查克必須死，只因艾倫絕不能開出叛亂者不死的先例。

感受到艾倫心中的苦澀，潘蜜拉輕聲安慰：「王座本就是用鮮血堆砌而成，我願意伴隨你一起站在最高的位置。即使高處再寒再冷，即使那裡有再多的血腥，我們也一起面對，好嗎？」

艾倫霍地抬頭，隨即嘴角勾起一個燦爛的笑容。與剛剛心事重重、像哭泣般令人心疼的表情不同，青年此刻的笑容七分狡黠、三分輕佻，總而言之，只有兩個字能夠形容——欠揍！

艾倫的手發力一扯，便把潘蜜拉圈進懷中，並且不怕死地在少女耳邊邪聲笑道：「說起來，打賭算是我勝出了吧？那我是不是可以任意提出一個要求了？」

財務大臣促狹地向艾倫擠眉弄眼，臉上掛著的是男人都懂的笑容：「陛下請把這兒交給我們吧！既然查克公爵已經就擒，現在敵方群龍無首，也鬧不出多大的風浪，陛下與潘蜜拉殿下離開一小時也沒問題……不！陛下年輕力壯，一小時只怕不夠……請儘管安心離開，去多久都沒關係，這兒就交給我們吧！」

潘蜜拉的臉龐已紅得幾乎要滴出血，只見顧不得裝淑女的公主殿下一拳擊中未婚夫的左眼，在對方掩面悲鳴之際，怒氣沖沖地快步離去。

摀住黑青了一圈的左眼，艾倫欲哭無淚地看著到嘴邊的美食就這樣飛走了，咬牙切齒地向財務大臣抱怨：「太過分了！你絕對是故意的！」

財務大臣悠然自得地摸著下巴的鬍鬚，很無賴地承認了國王的指控：「我就是故意的。誰教你當年想也不想便拒絕了莉莉的追求，我總要為我的孫女出口惡氣才行。」

想到當年那個毫不害羞、非常剽悍地向自己展開熱烈追求的女孩，艾倫立即有苦難言，滿腔的怨憤只得打落牙往嘴裡吞。畢竟追根究柢，事件的起因是自己長得太帥、魅力過大，也不能怪人家女孩子好眼光，對不對？

自我感覺良好地暗爽了一下，艾倫再度把幽怨的目光投向潘蜜拉離開的方向：「到底我什麼時候才能把到嘴邊的美食吃進肚子裡啊？」

宰相笑咪咪地開口，表情活像頭狡猾的老狐狸：「艾倫陛下請恕我直言，我覺得潘蜜拉殿下的個性外暖內冷，你需要用極大的耐心才能把冰山融化啊！請善用您

的厚臉皮……咳！請善用您的耐心展現出誠意來打動她吧！」

艾倫想了想，也覺得對方說的有理，不是說追女生就是要厚臉皮嗎？或許潘蜜拉是在欲拒還迎？

明顯被誤導的艾倫瞬間恢復了雄心壯志，左眼掛著一圈黑青的臉露出喜孜孜的神情：「這裡便交給你們了！」

眾人強忍至艾倫離開了好一段時間以後，現場才炸開鍋般，展開了熱絡無比的討論。

「你說艾倫陛下這次能不能得手？」

「應該不能吧！要知道潘蜜拉殿下素來是個很有主見的女子，死纏爛打只會迎來反效果。」

「我猜艾倫陛下回來後，右眼說不定會多加一圈黑青，正好與左眼的瘀青平衡回來。」

聽著眾人充滿著三姑六婆氣息，興高采烈地聊著八卦，身爲罪魁禍首的宰相大人呵呵笑道：「這就是青春啊！」

□

「潘蜜拉！」

聽到身後的呼喊聲，潘蜜拉不單沒有停下來，反而故意加快步伐，想要把身後的人甩下。

艾倫見狀，繼續放大聲量地呼喊：「老婆～妳聽不見嗎？老婆～老婆大人妳等等我～～～～」

這、這個無賴……

在一眾下人怪異的注目下，潘蜜拉倏地停了下來。

從後追上的艾倫沒有一點兒國君應有的樣子，嬉皮笑臉地湊過去：「喔喔！太好了，果然喊名字不行，要喊老婆大人才有用！」

潘蜜拉無力地按住額角：「拜託，你好歹也是一國之王，大庭廣眾下大呼小叫的成何體統？」

艾倫笑嘻嘻地道：「我喊自己的妻子作『老婆大人』是天經地義的事啊！先別說這些，我是眞的有重要的事情找妳。」

「你追上來不是要哄回我嗎？白痴！」聽到艾倫喚停她是有別的要事，潘蜜拉的不爽往上飆升。

不過一想及兩人曾經有過的冷戰，潘蜜拉便無奈地命令自己冷靜下來。艾倫根本就不是哄女孩的料子，自己實在不該有過分的期待。既然被這個沒心沒肺的人稱爲「重要的事」，那必定是眞的很重要。想到這裡，潘蜜拉也不再耍小性子，很認眞地詢問艾倫：「什麼事？」

四周努力做著手邊工作、實際上卻是很八卦地旁觀著事態發展的下人們，不約而同地搖了搖頭，心想這事若發生在其他女生身上，只怕已鬧得不可收拾了。也只有這位準王后有這種萬事皆以實務爲先的氣度，艾倫陛下顯然是看準這點，把潘蜜拉殿下吃得死死的。

「很重要的事，妳跟過來便是了。」艾倫拉住未婚妻的手，隨即吹了一下口哨，一匹壯健漂亮的黑馬很快便跑至兩人身前。

看艾倫連坐騎都招來了，潘蜜拉也不廢話，俐落地自行跨上馬背，讓想把美人抱上去的艾倫小小失落了一下。

「我說老婆大人啊……妳穿著禮服說……」

潘蜜拉嘆了口氣：「你不是說有要事嗎？何況若說要顧及顏面的話，剛才你大呼小叫時，我的臉早就被丟光了，也不在乎這種小事啦！」頓了頓，女子語帶威脅地道：「不過如果你騙我，根本就沒有什麼重要事情，我可是會生氣的！」

艾倫翻身跨上馬背笑道：「眞的是很重要的事，請務必跟我過去看看。」

說罷，青年帥氣地甩了甩韁繩，鞭策著馬兒往森林出發。

□

史賓社公國的王城建立在一座大型綠洲上，當中一座茂密的小型森林更被王室劃分在宮殿的範圍裡。而這裡正是艾倫每天不理政事、在那兒耗費大量時間玩樂的王家狩獵場。

眼看艾倫帶著自己往森林深處走去，潘蜜拉暗自想著，要是青年所說的「要事」其實是邀請自己陪同打獵這種無聊事的話，她不確定自己會不會忍不住出手將這個無賴的未婚夫幹掉。

穿過了密集的喬木後，視線變得豁然開朗，大片草地上搭建了一座巨大的木柵，一束又一束紫藤花瀑布般地垂下，視線全被美麗的紫色所侵佔，整個場面就只能以「壯觀」兩字來形容。

「這是……」潘蜜拉興奮得一張臉紅彤彤的。

紫藤花是少女最喜愛的花朵，來到史賓社公國後，她還曾經爲城堡裡沒有栽種紫藤而失望不已。

風吹過，如雪般的紫色花瓣隨風散落在地上。艾倫牽著未婚妻的手，漫步於紫色的花雨中：「因爲一直以來都沒有送過花給妳，所以……這些花可是我從兩年前便由花苗開始種起的，厲害吧？」

「可是、可是你不是不喜歡紫藤花嗎？」潘蜜拉仍記得初次與艾倫相遇時，青年看著身穿紫色禮服的她，以及背後的紫藤花時所流露的神情。後來少女特別查探過原因，因而知道了艾倫母后殉情自殺的事。從此以後，與艾倫見面時，潘蜜拉絕不會穿上紫色衣裳，也從沒提議過在宮殿裡種上她最喜愛的花朵。

聽到未婚妻的詢問，艾倫以理所當然的語調笑道：「可是妳喜歡，不是嗎？」

此時一縷陽光正好穿過雲層、照射在艾倫身上，把青年臉上寵溺的笑容襯托得更爲燦爛。紫色的花雨如夢似幻，潘蜜拉一時間竟看得痴了。

「對了！我還沒取得勝出賭博的獎勵呢！」偏偏就在少女感動得一塌糊塗之際，艾倫雙手一拍，說出了很煞風景的話。

「想也別想！我可不會做什麼奇怪的事情！」潘蜜拉可不是送一些花朵便能將其迷倒的小女生，聞言想也不想便一秒拒絕。

想起財務大臣的話，艾倫臉上一紅：「不是啦！那只是他們說著玩的。不過作爲獎勵，要一個吻應該不過分吧？」

「……你是傻瓜嗎？」輕嗔了一句後，潘蜜拉微微仰起了頭。只見地面上本來分開的兩個影子緩緩貼近，隨即變得密不可分。就連飄散在空中的紫藤花花瓣也彷彿變成了代表戀愛的粉紅色，四處都是濃得化不開的甜蜜氣氛。

吶，如果妳喜歡的話，我願意爲妳在城堡裡種滿妳所喜愛的花朵。

妳知道嗎？傳說紫藤花是由一對殉情的情侶變幻而成。當年這對情侶跳崖殉情以後，懸崖邊便長出了一棵樹，那樹上居然纏著一棵長滿了紫色花朵的藤。花色紫中帶藍，燦若雲霞。

後人把花朵取名爲紫藤花，相傳紫藤需纏樹而生，單獨則不能存活。因此常有人用紫藤來比喻愛情，而這情愛之花的花語正是——沉迷的愛戀。

〈紫藤花開〉完

小兔歷險記

高聳入雲的懸壁，依山而建的壯麗建築，雖然有別於人類的奢華、精靈的精緻，卻是另一種大氣磅礡的巧奪天工。

這個遼闊的山脈正是獸族的領地——石之崖。

山脈深腹中的一處奇石林立之地，正是獸族的練武場，這個尋常人連立足也感到困難的區域，卻是一些猛禽以及敏捷類別的獸族非常喜歡的戰場。

此刻練武場上兩頭擁有優美流線型體態的年輕豹子正在岩層間閃轉騰挪，銳利的豹爪深深陷進岩石中，讓牠們在這複雜的地勢中如履平地，動作絲毫不受狹小的立足點所影響。

當中體形略小的豹子滿身黃毛黑斑，是在豹族中常見的花豹。另一頭卻通體漆黑，黑得發亮的毛皮上沒有斑點，卻是頭稀少珍奇的黑豹！

從兩豹的反應、速度，以至戰鬥意識來看，黑豹都明顯高出花豹不止一層。即使如此，在對戰中，黑豹的攻擊由始至終仍猛烈無比，完全沒有任何放水的意思。

「啪」地一聲，黑豹的尾巴像鞭子般狠狠甩在花豹身上，迎面而來的攻擊狠辣地正中對方肩膀的傷口處。強烈的痛楚讓早已戰意全無的花豹腳步踉蹌，差點便要從崖壁上墜下。黑豹見狀卻是得勢不饒人，飛撲過去便要使出致命一擊。

「班森，住手！」幾頭在旁觀戰的豹族族人慌忙出言制止，只見黑豹不屑地冷哼一聲，隨即化身成一名黑髮青年，幾個起落便輕輕巧巧地落在崖邊上。

看著化身成人形、邊哭泣邊讓同伴安慰著的花豹少女哭得一臉梨花帶雨的樣子，一直坐在崖邊觀戰的安迪，邊把手中的水囊遞給班森，邊微嗔：「對方好歹是個女生，你就不能稍微憐香惜玉一點嗎？」

對於安迪的責備，班森卻是一臉的無所謂：「小小的傷勢而已，養上幾天便會好，又不會危及她的性命。」

安迪滿臉黑線地道：「這不是會不會死掉的問題，而是對方是個女生耶！」

班森煩躁地抓了抓漆黑的髮絲：「眞麻煩！難道到了戰場，敵人會因爲她是女的便對她手下留情嗎？」

隨著抱怨，班森不由得想起那個菲利克斯帝國的四公主。那個擁有高貴身分、卻義無反顧地把自己置身在最前線的人。那個明明受了箭傷還中了毒，卻依然堅持與自己並肩作戰的人。

那個……眞心與獸族交往，會以平等視線與他們交往的……美麗的人。

班森粗魯地甩了甩頭，想要把腦海裡浮現出來的俏麗身影甩走。

看到班森莫名其妙的舉動，聰慧的狐族少年漫不經心地拋出一句：「怎麼？又想起小維了嗎？」害黑豹把剛飲進口的清水「噗」地噴了出來。

痛苦地咳嗽了好一陣子，班森這才氣急敗壞地質問道：「這又關那個女人什麼事了？」

安迪一臉恨鐵不成鋼地說道：「就是因爲你這種彆扭的性格，喜歡人家又死活不肯承認，這才讓多提亞輕易抱得美人歸。我本來還期望小維能夠當豹族的新娘呢！」

別看安迪長得美麗嬌柔，生氣起來可是很難纏的，最可怕的是，事後總是證明狐狸的話往往才是對的。

看對方似乎眞的起了一絲眞怒，班森也不敢反駁，只是一臉逞強地別開了臉。

安迪見狀只得無奈嘆息。

班森的性格雖然在初相識時會讓人覺得很難相處，但是相處下來之後，便會發現青年的爲人還是很不錯的。就像今天的事情，班森如此不留情面地下狠手，其實也是懷有好意，希望能好好鍛鍊一下那名花豹少女。偏偏他那不擅於表達善意的性格作梗，一番好意卻讓人害怕畏懼，這種性格無疑是非常吃虧的。

就安迪看來，初遇西維亞與多提亞那時，他倆還沒在一起，要是班森主動一點，未嘗不是沒有機會的。偏偏這頭黑豹卻面「嫩」得教人生氣。安迪敢打賭，那位愛情智商偏低的公主殿下，至今一定還傻傻的不知道班森在暗戀她！

再這樣下去，安迪眞怕班森這輩子都討不到老婆啊……

面對著狐狸一雙彷彿洞悉了自己想法的眸子，班森心虛地把話題扯開：「說起來，潔西嘉到哪去了？那小傢伙向來很準時的，再不過來，集會便要開始了。」

各族群的族長中也只有狐族、豹族與兔族是新上任的年輕人，再加上三人曾與獸王一起旅行，彼此之間的感情自然比較好。

獸族各族群會挑選出能力最強的人爲族長，不同族群所認爲的「實力」標準皆有所差異。例如豹族以速度和戰鬥力爲選拔標準；狐族是智力；兔族則是靈敏度。因此準確來說，安迪與潔西嘉不是戰鬥的料子，身爲三人之中唯一的戰士，班森總

會不自覺地關注兩人的安危，這也是青年在一起旅行的那段日子中所養成的習慣。

雖然明知道對方故意扯開話題，不過安迪還是順著班森的心意，把注意力放在潔西嘉身上，畢竟他也覺得以小兔的個性來說，現在還沒出現實在有點奇怪，心裡更浮現出淡淡的不祥預感。

□

很快地，兩人的不安獲得了證實，從數名逃脫回來的兔族少女口中得知，不久前石之崖附近的森林中出現了捕奴者。那些捕奴者雖然裝備精良，但也不敢眞正闖入獸族的領域，只是在附近徘徊，結果包括潔西嘉在內的六名兔族少女，很不幸地與他們碰個正著。

雖然雙方快要遭遇上時，聽覺比其他兔族更爲靈敏的潔西嘉先一步察覺到捕奴者的存在，可那時想要避開已經來不及。最終是潔西嘉主動現身，把捕奴者引至其他方向，另外幾名兔族少女才能安然逃回石之崖求救。

「這些可惡的捕奴者！」聽著兩名驚惶顫抖的兔族少女敘述，性格最爲火爆的熊族族長埃默里一拳打在牆壁上，保持著原始風貌的天然岩壁就這樣子被打出一個坑洞，間接地讓會議室的內部面積又大上了幾分……

看到眾人忍俊不禁的神情，埃默里焦躁地低吼：「這時候你們還有心情笑!?」

安迪安撫道：「抱歉……因爲要是以前的埃默里，怒吼的內容一定是『這些可惡的人類！』，聽到你的口頭禪改變了，還眞有點不習慣。」

被狐族青年這麼一說，埃默里也想起自己的確經常把這句話掛在口邊。腦海中不由得想起那個明明長得清麗漂亮，卻把自己打扮成傭兵少年、四處遊歷的人族公主，棕熊有點不好意思地搔了搔臉：「呃……以前我的觀點是有一點錯誤……其實人類之中也是有好人的。」

眾人對望一眼，皆從對方的眼中看見笑意。

能夠讓主戰派的埃默里軟化態度，菲利克斯帝國四公主的魅力與親和力還眞是強悍啊……

就在眾人商討著捕奴者一事時，一隻由闇元素凝聚而成的飛鳥飛翔而至，在滑

翔至獸王柏納面前時，鳥兒的形態如煙霧般消散，變成一卷黑色的書信，從半空中落下。

伸手穩穩接著空中的書信，看到火漆印的圖騰時，柏納有點訝異地挑了挑眉：「希柏林家族的家徽？」

隨著獸王驚訝的低呼聲，一眾獸族立即想起那名曾經與西維亞一起拜訪石之崖、外表清麗出塵的男爵千金——喬．希柏林。

「是那個女人？」班森的反應最激烈。在王城初遇時，女子已與黑豹針鋒相對、互不相讓，在喬陪同四殿下到石之崖訪友期間，更是死賴在西維亞身邊不走，態度親暱地挽住西維亞的手臂，頻頻向班森投以挑釁的示威眼神。

黑紙白字的書信內容並不長，很快便把內容看了一遍，柏納勾起了嘴角，金色的眸子閃過一絲喜色：「我想我知道潔西嘉的所在之處了。喬小姐特意來信通知我們，她收到確實的消息，一星期後無序之城的地下拍賣會，會出現稀有的兔族奴隸。」

想想時間，大家也猜到這名將會現身於拍賣會的倒楣兔族是誰了。

得知小兔的消息後，眾人皆鬆了口氣。作為拍賣的商品，至少能保證在拍賣會以前，潔西嘉並不會受到任何傷害。

此時，正以一百年為期限留在石之崖「服役」的暗黑之神發話了：「需要我幫忙嗎？」

柏納朝小黑影感激一笑後卻搖首拒絕：「既然知道潔西嘉的所在位置，還有著無序之城的領主千金喬小姐幫忙裡應外合，我想這次的事情憑我們的力量應該足以應付，我反而希望拜託您其他事情。」

小黑影身旁的闇祭司妮娜嬌媚一笑：「獸王陛下想要加強石之崖附近區域的保護嗎？」

柏納一臉嚴肅地頷首：「是的。無可否認，自從與人族的關係有所改善，以及有了暗黑之神的結界保護後，我們的警覺性確實是大大減低了。族人的活動範圍並不只有石之崖，我希望暗黑之神能夠幫忙在附近的森林設下結界，不用到防護石之崖的那種強度，只要在外人闖入時，能夠即時向我們示警就可以了。」

小黑影點了點頭：「好的。」

朝著暗黑之神感激一笑，柏納轉向一旁的族長們：「至於營救方面，由於有喬小姐的接應，再加上無序之城中無數人類勢力混集的奇特城市形態，派出去的人太多反而不好。班森、安迪、保羅，你們對人類的生活習慣比較熟悉，就由你們三人去吧！」

獸王一聲令下，被點名的豹族、狐族與夜鷹族族長立即躬身領命。

看到營救的人選都決定好了，妮娜聞言笑道：「現在可以出發了嗎？這張書信是我弟弟用魔法傳送過來，我的闇系魔力與他同源，雖然我不擅長遠距離傳送，但有它作路標的話，傳送三個人至無序之城還是可以的。」

□

在獸族風風火火地準備著營救行動的同時，潔西嘉正被人像貨物般硬塞進麻布袋，偷運進無序之城裡。

當少女總算從麻布袋中被釋放出來的時候，幾乎已被悶得暈了過去，頭暈眼花的她還沒看清楚四周環境，便接著被人粗暴地推進一間昏暗的囚房裡。雖然隔著厚厚的牆壁與鐵門，可幾名看守者的對話，仍是一字不漏地傳入聽覺靈敏的潔西嘉耳中。

「嘖！這次拍賣的商品是這個小不點嗎？眞可惜，要是精靈美女的話，倒可以讓我樂上一樂。」

「兔族人一向長得嬌小，我倒是滿喜歡這一類的。」

「不止是你，有很多戀童癖的貴族也好這一味，這丫頭能賣出個好價錢呢！」

「你說在拍賣之前我們可不可以……」

「想都別想！這女孩是吉羅德少爺高價從捕奴者手中買回來的商品，你夠膽碰碰看，我包準你看不見明天的太陽。」

聽著看守者的話，潔西嘉知道自己暫時不會有危險。驚惶失措的她強逼自己鎭定下來，開始四周打量這間囚禁她的囚房。

房間除了一張破舊的睡床外，再也沒有任何家具，唯一的出入口就只有那道有守衛把守的鐵門。抬頭一看，高處就只有一扇鑲有堅固鐵柵、用來透氣的小窗子，以至囚房的空氣悶得讓人不舒服。

細小的窗戶以人類的體型絕對無法通過，讓人沮喪的是，束綁少女雙手的麻繩施加了令她無法化身獸體的魔法，杜絕了潔西嘉化身小兔逃走的念頭。看了兩眼，少女便對從窗戶逃生這點完全死心了，轉而拚命思索有沒有其他逃跑方法的可能。

□

在妮娜的幫助下，班森等人被直接傳送至無序之城附近的山脈深處，如果某位公主與她的守護騎士在此的話，必定能夠認出這裡正是賈斯特男爵在山脈裡尋找魔獸之心時所設置的臨時基地。

「嗨，想不到這麼快又見面了！」三人還未從傳送的暈眩感中恢復過來，便聽到了喬那俏皮熟悉的嗓音。

「我才不想與妳見面……嚇！妳是誰!?」班森不爽的嘀咕只說到一半，便因看清楚眼前人的容貌而倏地靜止。

眼前的人容貌的確是喬沒錯，然而少女再也不是穿著累贅的禮服，而是換上了俐落的傭兵裝備，微鬈的短髮束成一條短短的小馬尾，一身男性裝扮爲少女增添了一份中性氣質，活脫脫是個清秀的美少年傭兵！

雖然穿著一身傭兵服，卻無減喬那份獨有的氣質。然而，與清麗的外表不同，有著小惡魔性格的喬歪了歪頭，盈盈笑道：「連我也認不出來，黑豹你果然傻了嗎？」

「妳才傻！任誰看見人妖都會被嚇一跳吧？」

「別把別人拉下水，我就只看見你一個人反應過度而已。」

這兩人就像是天生不對盤似地，一見面總是會吵上兩句，安迪與保羅對這狀況早已習慣。看兩人你來我往地爭執得不亦樂乎，安迪只得微笑著打斷逗著黑豹在玩的少女：「請問現在的狀況如何？」

聽到安迪說起正事，擔憂潔西嘉安危的班森「哼」了聲後，便靜下來專心聽喬的說明。

面對班森難得的退讓，喬並沒有乘勝追擊，反倒是向青年投以一個溫暖的讚許

眼神。

雖然不喜歡這頭總是在暗地裡打西維亞主意的黑豹，可喬對於班森那毫不保留關心同伴安危的舉動還是很讚賞的。

喬講解起事態來條理清晰，短短幾句話便讓安迪等人清楚明白了事情的前因後果。

無序之城東區是富豪吉羅德．奧提斯的地盤，這個富豪之家盤踞在無序之城至今已經第三代了，是賈斯特男爵以外權力最大之人，也是這裡出名的地頭蛇。

吉羅德的祖父與父親雖是商人出身，可骨子裡卻是一代梟雄，把自家的地盤管理得井井有條。然而到了吉羅德這一代卻沒落了，不單人丁單薄得只有吉羅德這個男丁，多年來這位奧提斯家族的家主更一直生不出一兒半女。雖然奧提斯家族表面仍舊風光無比，但實際上已如風中殘燭，只要賈斯特男爵扳倒吉羅德，那麼這個在無序之城屹立了一百多年的家族自然樹倒猢猻散，變得不足為患。

賈斯特男爵身為無序之城的領主，又怎能容忍自己的領地主權處於四分五裂的狀態？先前一直默許這個狀況，是因為自己的根基未穩，不是動手的好時機。現在

國王趁著二、三公主的叛變而乘機推行大改革，這種混亂的時勢正是男爵大人全面掌權無序之城的大好機會。

其實國家並不是沒有打過出兵取回城鎮的念頭，可是無序之城四面圍繞著險峻的山脈，地理位置偏僻，因此在政治與利益的考慮下，國家還是選擇暫時維持現狀。

可現在菲利克斯六世卻難得一改平常沉穩溫和的作風，在改革期間展現出他鐵血的一面。賈斯特男爵看出當中除了因爲這確實是個改革的好時機外，也有國王爲內定的繼任者西維亞公主在上任前掃平一切障礙的考慮存在。

因此，賈斯特男爵有信心只要掌握了吉羅德的罪證，便能成爲國家出兵無序之城的契機。別看割據無序之城的權貴好像很威風，只要國家下定決心對城鎮進行清洗，這些人的勢力在國家的正規軍隊面前根本就不夠看！

喬得知潔西嘉的事也是機緣巧合，正巧賈斯特男爵這段時間派了不少臥底混進他名下的各個產業，以圖掌握對方的犯罪證據。當中就有一名臥底成功混進了吉羅德經營的地下拍賣場，潔西嘉的事就是由這名臥底所提供的情報推論出。

喬與獸族皆是四公主西維亞的朋友，也因爲有了這層關係，喬曾經陪同西維亞到石之崖探訪，與潔西嘉更是早在空中庭園的宴會上就已成了好朋友。因此當喬收到情報時，雖然並不知道被抓的是潔西嘉本人，但愛屋及烏下，還是毫不猶豫地使用了高價從創神團長手中購買的通訊卷軸向獸族提出警告。

聽過喬的講解，安迪與保羅感動地再度向少女道謝，就連一向與喬不太對盤的班森也臭著一張臉，粗聲粗氣地道了聲「謝謝」。

喬落落大方地接受了獸族的感謝，隨即從懷中取出一張無序之城的地圖，並指向地圖中的某個位置：「這兒就是吉羅德的住處，這個男人性格剛愎自用並且疑心很重，所有將要進行拍賣的貴重商品都要放在身邊才放心。據臥底的情報，豪宅中設置了一間大貨倉以及幾間獨立牢房，如無意外，潔西嘉應該正被囚禁在這裡。」

班森摩拳擦掌地咧嘴一笑，露出一雙尖尖的獸牙：「既然知道地點，我們現在便殺進去吧！」

誰知道黑豹的話一出，便遭到喬毫不留情地反對：「不可以。」

「喂！妳這女人平常與我唱反調也罷，可現在是鬧脾氣的時候嗎？」

喬歪了歪頭，說出口的話語卻與可愛的動作相反，挑釁味十足：「誰爲了單純的唱反調而反對了？我可沒有這麼無聊。拜託你用用腦袋好不好？」

班森怒氣沖沖地想要反駁，卻被一旁的安迪制止。只見美麗的狐族青年露出沉思的表情：「是與賈斯特男爵的計畫有關？」

喬猶不吝惜地予以安迪讚賞：「安迪你眞聰明，不像某些人頭腦簡單。」故意說出指桑罵槐的話來刺激班森，看到黑豹一副恨得牙癢癢卻又拿她沒輒的樣子，喬嘴角勾起的弧度不禁再深了幾分。

這頭黑豹的反應眞的太有趣了，令少女總是忍不住去逗他。

最可怕的是喬每次都是站在道理那一邊，害班森即使再氣也只能悶在心裡。一來一往的後果，便是班森和喬愈來愈不對盤，可這種激烈的反應卻讓喬益發地喜歡逗弄對方。

一如以往，喬這次還是把道理緊緊抓在手裡：「先不說你們這麼衝動闖進去能不能成事，至少父親把人安插在吉羅德身邊是想尋找他的罪證，你們闖進去救人不正是告訴吉羅德拍賣會的消息走漏，他的身邊有內奸嗎？」

果然喬的大道理一出，班森的氣勢便立即弱了幾分，但他仍舊不死心地嚷嚷：「就、就當妳說的有理，那難道我們就見死不救，任由潔西嘉被人類拿去拍賣？」

「誰說不救了？我不是說過裡面有父親的部下嗎？讓他偷偷把小兔放掉，然後我們在途中接應她不就好了？」喬回以一個大大的白眼。

就在這兩人唇槍舌劍之時，喬的面前忽然出現一隻嬌小可愛的小鳥。

小鳥有著一雙寶石般的紅色眼睛，以及變幻著顏色的迷幻美麗羽毛。誰都沒看到牠是怎樣出現的，速度快得連殘影也看不見。

「是天鈴鳥！」眾人立即辨認出這嬌小可愛的鳥正是精靈王的契約伙伴，階級達到神級的傳奇魔獸！

天鈴鳥從口中吐出一顆小小的水滴形淡綠色結晶，隨即便「咻」地一聲又不見了。

然而，此刻眾人的注意力已不在飛走的天鈴鳥身上，而是全數注視著那顆飄浮在半空中的綠色結晶。

晶瑩剔透的淡綠晶石令人聯想起被雨水沖洗過的嫩綠青草，隨著水晶「啪」地

一聲自行破碎，濃郁的自然之力頓時充斥整個空間。

「是喬嗎？聽不聽得到？」隨即，一個眾人熟悉無比的嗓音從閃爍著點點綠光的空氣中傳來。

「維斯特？聽到聽到。」喬驚喜地睜大雙目，在私底下少女還是喜歡喚四殿下過去女扮男裝時所用的名字。

「嘩！果然聽得好清楚！收音好好！克里斯你好厲害！」對面傳來西維亞驚奇的歡呼聲以及精靈們的笑聲，不用猜也知道，這位擁有一半精靈血統的公主殿下又跑到伊迪蘭斯亞森林裡玩了。

「潔西嘉的事我已經從暗黑之神那裡知道了。喬，有什麼需要我幫忙的嗎？妳這邊有伊里亞德留下來的通訊卷軸，利用殘留在上面的魔法氣息作定位的話，我可以立即使用森林裡的傳送陣趕過去。」

說起來倒不可思議，暗黑之神曾經那麼討厭西維亞，可是相處過後，兩人竟然意外地投契。小黑影即使遠在石之崖，也總會定期與西維亞通訊，小兔被抓那麼大的事，祂自然立即通知公主殿下了。

喬笑道：「妳不用特意趕過來，我們已有臥底混進囚禁小兔的大宅裡，再加上班森他們也來了，要救出潔西嘉並不是太困難的事。何況人太多也不是好事，妳就別過來添亂啦！」

說罷喬忽然眼珠一轉，以非常親暱的語調向班森喊道：「班森，親愛的，我們之間的事晚點再說，你不過來與維斯特打聲招呼嗎？」

知道喬是故意把話說得這麼曖昧，班森斬釘截鐵地澄清：「別胡說！我們之間什麼事情也沒有！」卻不知道這種事越是故意澄清，便越是顯得看似心中有鬼。

至少從西維亞附和的笑聲中，眾人便聽出了曖昧的意味，顯然是把喬與班森聯想成某種非比尋常的關係了……

通話結束後看到黑豹一臉欲哭無淚的樣子，安迪在同情之餘卻又愛莫能助。誰教這位有著小惡魔性格的喬大小姐不單是獸族的朋友，現在還是獸族的恩人呢！班森只能自求多福了。

□

囚禁潔西嘉的牢房門外，站立著一名看守商品的守衛，這人雖身材高大，卻有著微微的駝背，一張滿布鬍鬚的臉上掛著痞痞的笑容，曝露在衣服外皮膚上的刀疤，更讓他的容貌看起來猙獰無比、生人勿近。

可是沒有人知道，這個形貌猥瑣的守衛實際卻是賈斯特男爵的手下卡朗，同時也是混入吉羅德身邊、唯一能夠接觸地下拍賣會事宜的臥底！

精心的喬裝再配以卡朗出色的演技，即使是最親近的人路過，也必定認不出這個痞裡痞氣的守衛與英氣逼人的卡朗是同一個人！

卡朗坐在門前，一口接一口地抽著廉價的菸草，心裡正盤算著吉羅德與威利子爵的會面時間。自從這名不可一世的子爵大人當年在宴會上丟盡顏面以後，便淪爲眾人的笑柄。無序之城就是這種地方，所謂的身分、爵位皆是浮雲，若沒有相對的實力，便得不到別人的尊重，最終只會被人啃得骨頭也不剩。

威利子爵在無序之城連番碰釘以後大概也怕了，因此最近開始抱上吉羅德的大腿，更計畫主動注資鉅款，希望能入股地下拍賣場，以圖能藉此獲得吉羅德的友誼。

不得不說威利子爵的運氣真的很差，誰不選，偏偏要選擇賈斯特男爵想要用來開刀的吉羅德來巴結？

可這個紈褲子弟也不是完全一無是處，至少由於他的出現，吉羅德與他的手下不得不抽空接待，這讓卡朗無論是在釋放潔西嘉上，還是尋找犯罪證據的行動上都變得輕鬆不少。

計算著吉羅德款待威利子爵所需的時間，心想餐聚氣氛應該差不多到了最熱絡的階段。卡朗猶豫片刻，在盜取帳簿作證據與救出潔西嘉這兩個任務間作出優先選擇後，便丟下手裡的菸草，駝著的背倏地變得挺直，以飛快的速度往走廊盡頭掠去。

□

「嗯？他走開了？」一直監聽著門外聲響的潔西嘉雙目一亮，立即雙腿用力一

蹬，被銬住的雙手輕輕巧巧地抓住窗口的鐵柵，竟然就這樣子輕易地掛在足有四、五公尺高的窗框上。

兔族除了靈敏的聽覺，跳躍力其實也非常驚人，卻由於比羚族等族群遜色一籌，以至不為人所熟知。

雖然成功攀住窗子的鐵柵，可是對於力量弱小、變身能力又被封印的潔西嘉來說卻是於事無補，只能透過鐵柵的縫隙看著外面乾瞪眼。

「可惡！要是我能夠變回獸體就好了！」鐵柵之間只有手臂粗細大小，而且鑲嵌得非常堅固，少女費盡力氣也無法撼動分毫。正在她焦慮不已之際，一陣腳步聲從遠方傳來。

「糟糕！是那個人折返回來了？」如此想著的潔西嘉正想鬆開手返回地面，腳步聲的主人那謾罵的聲音卻讓少女的動作停頓下來。

「吉羅德那傢伙竟然坐地起價！而且他的眼神……該死的！我可是高貴的貴族，竟然被一個滿身銅臭的商人看輕，眞是氣死我了！少爺我不幹了！我現在就回去，哼！」

聽著仍舊忿忿不平在罵著的人愈走愈近，快要經過囚禁她的房間，潔西嘉的心裡不由得浮現起一個冒險的念頭。

少女記得那些捕奴者在言談間提起過，買走她、同時經營地下拍賣場的人，正是來者口中臭罵著的吉羅德，似乎這個人與吉羅德的關係並不好的樣子。那麼如果她向這人求助，應該能夠獲得幫助吧？

這是個大豪賭，也許潔西嘉能夠因而脫困，可對方也有可能把自己意圖逃走的事告訴吉羅德，到時候吉羅德有了防範，她就更難逃跑了。可是現在潔西嘉已別無選擇，只得把希望寄託在這個自稱是貴族的人身上。

這個膽敢在吉羅德大宅裡偷罵著主人的青年，自然便是威利子爵了。雖然受到排擠後他那不可一世的囂張性情已有所收斂，可對於一個從小被寵壞的紈褲子弟來說，吉羅德言談間的輕蔑已經觸及他的底線，令這位本打算投靠他的大少爺生出與其一拍兩散的想法。

「對他客氣一點便得寸進尺，眞以爲自己是個角色嗎？舅舅隨便一腳都能夠踩

死你！」猶自謾罵著的威利，頭頂忽然傳來一個怯怯的少女嗓音：「請問……」

別看這傢伙罵人的時候氣勢十足，其實這些話他都只是說說而已，真要他對吉羅德出手是絕對不敢的。此刻在四下無人的走廊中出現另一人的聲音，也就是說他剛才的話已被別人聽進去了！

「誰!?」威利立即像隻尾巴被踩到的貓般整個人嚇得彈起，隨即心虛地東張西望起來。

「我在這兒，上面。」

青年抬首，看到說話的人是個有著一頭特異奶油白髮絲、長相相當可愛的少女時，愣了良久才吶吶說道：「現在的蘿莉都長得那麼高嗎？」

一句話，差點說得潔西嘉失手跌下去。

「我正抓著鐵柵支撐著身體而已啦！」

「原來如此。」看了看鑲著鐵柵的窗戶，再看了看堅固的大門，威利子爵摸著下巴感嘆道：「這兒就是吉羅德囚禁商品的地方吧？這麼說，妳就是他們剛剛提起過的兔族人了？難怪髮色與瞳色那麼奇怪。」

「我、我不是商品，那個吉羅德是壞人，你可以幫我嗎？」雖然很害怕與陌生人接觸，可是現在能救出自己的，只有眼前的青年，潔西嘉鼓起勇氣，小心翼翼地向眼前人求助。

「妳別害我！雖然我也不喜歡這種把活人當作商品拍賣的勾當，可是現在吉羅德在無序之城混得有聲有色，我可不想惹他生氣。」

「吉羅德很厲害嗎？你很怕他？」小兔睜著一雙純淨如嬰兒般的紅色眸子，天眞地問。

潔西嘉的話一語中的，威利不禁臉上一紅：「別胡說！我威利可是高貴的貴族，又怎會怕吉羅德這個平民？」

天眞的小兔立即信以爲眞，苦苦哀求：「那麼你放我出來好不好？」

潔西嘉長得俏麗可愛，溫言軟語之下，威利幾乎要心軟答應了，可想到吉羅德所掌握的兵力卻又不禁退縮。最終這位囂張無比的子爵大人竟然開始與兔族少女打起商量來：「不如我花錢把妳買下來，然後再放掉妳好不好？」

青年的話一出，潔西嘉立即嘩啦嘩啦地哭了起來，大滴大滴的淚水如斷線珍珠

般往下滴，看起來可憐得很：「嗚～不要！我不要站在台上被人圍觀！我不要被人拿去拍賣！」

威利爲人的確不怎麼樣，囂張又記仇，但認眞說起來倒不是個大奸大惡之徒，只是個被寵壞了的孩子而已。此刻潔西嘉一哭，他不禁被她哭得心也慌了，安慰的話語不經大腦便脫口而出：「好吧！好吧！我放妳出來便是了！」

「眞的嗎？」潔西嘉哭得一臉梨花帶雨，楚楚可憐地凝望著他。

「眞的！」

潔西嘉立即破涕爲笑，看著青年的眼神簡直就像仰望著神勇的英雄，她隨即說道：「你眞厲害！」

威利何曾被女孩子以這種眼神凝望過？頓時信心暴漲，自我感覺良好地自吹自擂：「當然！不是我自誇！本少爺是整座無序之城的第一人，從來就沒有什麼東西能讓我感到害怕的！」

可是這位「無序之城的第一人」很快便遇上難題了……

「這個機關怎麼這麼難打開啊！」看著大門上的機關，威利一個頭變得有兩個大。

這道機關門是吉羅德重金禮聘一個很出名的機關大師所打造，三個鐵環連接著二百多個齒輪，當中包含著數千種變化，不知道破解方法的人，單憑運氣想打開絕對難若登天！

「威利大哥，你剛才把鐵環轉得太多了喔！第一個鐵環要再往左邊多轉一點才對……」跳回地面的潔西嘉等了很久也不見對方把大門打開，忍不住出言打斷對方的無用工夫。

威利驚訝地低呼：「妳知道該怎樣打開這個機關？」

雖然明知道對方看不見，可小兔還是在門的另一邊點了點頭：「嗯，我聽得出齒輪運轉的聲音，進來的時候已將步驟記下來了。」

青年看著眼前這個害他死掉不少腦細胞的機關半信半疑，不過他也明白，單憑自己的實力要打開這個機關根本就是天方夜譚，抱著死馬當活馬醫的心態，威利跟隨著潔西嘉的指示，竟然兩三下便把大門打開了！

當兔族少女從囚牢走出來、高高興興地向自己道謝的時候，威利子爵不禁感慨

自己長這麼大，這還是第一次有人如此真心誠意地感謝自己，而且甜甜地向自己道謝的人更是個這麼可愛的女生，威利眞的覺得骨頭也變得輕了。

原來當好人也是件不錯的事啊……

視線落在束縛潔西嘉雙手的麻繩上，威利子爵充滿英雄氣概地拍了拍胸口：

「我幫妳解開麻繩吧！」

青年卻不知道這條看起來很普通的麻繩，早已被施了壓抑獸族變身能力的魔法，若驟然將其解開，施法者便會立即感應到與魔法之間的聯繫消失，從而洩露潔西嘉逃跑的事情。

□

以高速遊走在大宅內部的卡朗，滿布鬍子的臉上雖然神色如常，可是心裡卻是止不住的狂喜。

只因男子衣服裡貼近胸口的位置，正藏著他此行的目的——記錄著吉羅德犯罪收益的帳簿！

只要卡朗趕在未有人注意之前釋放潔西嘉，帶著兔族少女與身上的帳簿安然離開，那麼他的臥底任務便圓滿結束了。

可惜他的好心情只維持至到達囚禁著潔西嘉的囚室爲止。

看著大大打開著的囚房大門，卡朗有股想要殺人的衝動……

機關是以正常途徑從外面打開，可依照往常的慣例，在拍賣會舉行前商品是不會移交至別地方的，也就是說，有其他潔西嘉的同伴混了進來把人救走了嗎？

更讓卡朗抓狂的是，男子發現了靜靜躺在地上、原本應該用來束縛潔西嘉雙手的麻繩！天呀！她竟然這麼輕率地解開麻繩！如此一來，吉羅德必定已經知道小兔逃走的事情了！

果然，凝神細聽，細碎卻密集的腳步聲正從四面八方傳來，隱隱形成了包圍之勢。

至此卡朗立即不再遲疑，果斷地往外逃去。再待下去也未必能找到潔西嘉，卻反倒會把自己賠進去。至於逃走的兔族少女能否全身而退，那就只能讓她自求多福

了。反正潔西嘉身為重要的商品，即使被抓到，頂多也只是再被抓回去拍賣，生命安全應該無虞。

□

與此同時，帶領著大批人馬包圍囚房的吉羅德臉色陰霾，全身散發著一股生人勿近的殺意。

就在幾分鐘前，吉羅德忽然感受到連繫著麻繩的魔法突然中斷，顯然那條重金購買的魔法麻繩遭到破壞了。

兔族少女是這次拍賣會的重要商品，吉羅德自然焦急無比地召集人手趕過去。然而趕到囚房時，卻發現早已人去樓空，正要領人追上去，一名心腹手下卻倉皇地跑過來：「大人！不好了！您的房間有被人闖入的痕跡，檢查一下後，發現帳簿不見了！」

吉羅德聞言如墜冰窖，帳簿記錄了這麼多年來不少無法見光的罪證，根據帝國法律判刑的話，殺他十次也不夠。現在的無序之城已不如以往，賈斯特男爵已在這裡成功重立國家的威望，讓他掌握到實質的罪狀，等同給予國家出兵無序之城的理由。

「機關門只能從外面打開，拍賣品逃走的同時帳簿被盜，一定是那個該死的兔族與她的同伙幹的！媽的！想不到老子竟然栽在一隻兔子手上！」誤以爲帳簿落在潔西嘉手上的吉羅德立即下了絕殺令：「計畫有變！看到那個兔族和她的同伴後不用費工夫抓捕了，直接當場擊殺！」

看到身旁的心腹一臉欲言又止，本就因帳簿失竊而暴怒不已的吉羅德粗魯地呼喝：「有屁快放！」

心腹實在不願在吉羅德暴怒時去觸霉頭，可是作爲吉羅德最得力的左右手，他也有不少罪證記錄在帳簿裡，不得已硬著頭皮提醒了聲：「大人，威利子爵至今還沒回來。你說要對犯人格殺勿論，可是萬一……」

吉羅德聞言愣住了。

「對啊！只是上個廁所需要這麼久嗎？」想著想著，吉羅德的臉色變得更加不好看。

最後，吉羅德陰沉著臉說道：「依照我剛才的命令行事！只要是那名兔族的同伴，立即把人就地格殺！」

雖然威利這個紈褲子弟一向與賈斯特男爵不親近，可是想到兩人之間的親戚關係，誰知道他是不是男爵手下的一枚暗棋？即使奪回了帳簿，天知道他已經看過多少內容了？一定不能讓人活著出去！

何況殺害貴族雖是死罪，可事後毀屍滅跡就好了！沒有證據、沒有屍體，誰能證明威利子爵死在他手上？

□

並不知道吉羅德已對他生出了必殺之心，威利在潔西嘉的仰慕視線下豪情萬丈，決定繼續把這個英雄救美的角色好好演下去，大不了被吉羅德抓到後，花筆金錢把少女買下來便是。他們一個是重要的商品，一個是擁有爵位的貴族，諒吉羅德追捕時也不會下重手。

「他們在那邊！」

聽到背後追逐的呼喝聲，威利拉住潔西嘉死命往前跑：「他們怎麼會那麼快就發現我們逃走的!?」他完全不知道罪魁禍首正是輕率地將麻繩解開的自己。

依仗著自身的子爵爵位，威利有恃無恐地拍著胸口向少女保證：「潔西嘉，妳放心，我一定會把妳安全救出去的！」

潔西嘉認真地點了點頭：「我不怕，我相信威利大哥。」

感受到對方全心的信任，威利頓時覺得自己的身形變得高大起來，優越感與責任感油然而生。

可惜下一秒，威利子爵的豪氣便因意料之外的攻擊而消散無蹤。

隨著幾聲輕微的破空聲，數支箭矢狠狠往逃跑的兩人身上招呼。若不是雙方距離過遠，再加上靈敏的兔族少女及時察覺到危機而推開威利，現在這位尊貴的子爵已變成一隻刺蝟了！

威利只是個養尊處優的貴族，又怎會有過這種生死懸於一線的經驗？一時間嚇得臉色發白、滿頭冷汗，甚至還腳軟得跑不動了。

相比青年那不堪的反應，潔西嘉的表現卻是比他出色得太多了。雖然少女也是嚇得面色發白，但至少仍能保持冷靜，沒有慌亂失措，甚至還不忘拉著嚇呆的威利子爵逃跑。

被小兔拉扯著走了數步的威利終於回過神來，此時的他早已被剛才的事情嚇破了膽子，再也顧不得在潔西嘉面前裝英雄了，邊跑邊回頭高呼：「我是威利子爵！別射箭了！」

可惜吉羅德的手下卻沒有如他所願地住手，回應威利的是另一波的箭矢攻擊！

看著對方毫不留情的攻勢，威利再笨也知道吉羅德這次是眞的動了殺心。雖然想破頭也不明白爲什麼吉羅德會因爲區區一個獸族奴隸而選擇向貴族動手，可是對於此刻的威利來說，如何逃過這場殺身之禍才是最迫切需要解決的事情。

無論是威利還是潔西嘉，皆是手無縛雞之力的普通人，除了逃跑以外別無他法。然而他們跑得再快，難道能夠快過從背後射來的利箭嗎？

瞬間，第二輪射出的箭矢已貼近兩人背後，威利甚至還感覺到以星晨鐵打造的箭矢那種特有的寒冷感……

「難道我要死了嗎？」威利絕望地閉上雙目，深深後悔著自己沒事怎麼要蹚這趟渾水。

「保羅！」身旁的潔西嘉忽然發出驚喜的呼叫聲，威利聽到背後傳來「卡啪」一聲清脆的聲響，隨即背部那種猶如附骨之蛆的死亡感覺便消失無蹤。

順著潔西嘉的目光抬頭看去，只見一頭巨大而神氣的飛鷹翱翔於天際，牠的爪子上還抓著半支斷箭！

下一秒，飛鷹便往下降落，在威利目瞪口呆的注視下，變化成一名背後仍然保留雙翼、滿身銳氣的英偉男子。

這名被少女稱爲「保羅」的鷹族男子，拍動著翅膀，擊落迎面而來的箭矢後，翅膀更在拍動間射出十多片羽毛，來自遠處的敵人慘叫聲以及血光無一不說明，這些看似輕巧的羽毛相比金屬所製的暗器，其攻擊力毫不遜色。

眼看己方瞬間倒下數人，吉羅德的手下們卻步了，保羅趁著這個機會變回飛鷹，在空中飛翔引路：「大門已被堵住，走這邊！」

鷹族擁有卓越的視力，再加上身處高空的優勢，吉羅德的包圍網在保羅的眼中一目瞭然。在他的帶領下，威利二人總算有驚無險地從包圍網的缺口衝出，順利躲入山脈裡。

無序之城是一座被山脈包圍的城鎮，要在山脈中抓人無疑如大海撈針，可惜誤以為帳簿在潔西嘉手上的吉羅德除了趕盡殺絕以外，已別無選擇。「他們剛進山脈，一定還沒走遠，立即調派所有能夠調動的人手進入山脈，必定要把那三人擊殺，絕不能留下活口！」

此時他的心腹手下馬文領著幾名負責看守潔西嘉的部下，來到吉羅德面前：「大人，這幾天就是他們負責看守那個兔族丫頭。」

「就是你們？小小事情也幹不好！今天是誰負責留守囚房大門？」

在吉羅德冰冷的注視下，幾名男子忐忑不安地上前：「大人，這時間應該是阿里當值……就是那名駝背的老菸槍。不過事發後卻找不到他，大概是害怕大人您追究他失職的責任，趁剛才的混亂逃跑了吧？」

吉羅德冷哼一聲：「他逃得掉嗎？現在我沒空管他這種小人物，等解決這次事情後，我必定會讓他後悔活在這個世上！」

說罷，吉羅德奪過一名手下的長劍便要策馬跟隨大隊出發。

馬文訝異詢問：「大人你要親自追捕嗎？」

吉羅德冷冷掃視眼前負責看守商品的手下，在吉羅德的注視下，這些男子全都惴惴不安地低下頭，大氣也不敢喘。

「這次的事情關乎家族存亡，我怎樣也要親自去一趟。免得我不在，這些靠不住的傢伙再次給我捅婁子！」

□

「停、停一會兒吧！我跑不動了！」

成功甩開追兵後，放鬆心情的威利子爵立即感到強烈的疲憊感，雙腳就像灌了鉛似地再也挪不動了。

保羅高飛著在上空盤旋了一周，隨即變回人形降落在地面。這次男子沒有保留鷹隼的雙翼，看起來就與尋常人類無異。「前方有個隱蔽的洞穴，我們先躲在那裡休息一下吧！」

鷹類目光銳利，果然在不遠處有個不算很大、卻正好可以藏起三人的山洞。最巧妙的是洞口正處於山脈陰影處，除非追捕的人擁有保羅的卓越視力，要不然絕對不會發現這個隱蔽的洞口。

看著一進入洞穴便整個人癱軟在地上喘氣的威利，保羅微微皺起了英氣的眉：「潔西嘉，這位是？」

雖然答應了喬不會擾亂他們的臥底行動，可是擔憂潔西嘉安危的獸族們還是派出夜鷹族族長保羅暗中保護。結果兩人逃跑的過程，以及威利那幾乎嚇得尿褲子的窩囊模樣，整個落在保羅眼裡。要不是潔西嘉在逃跑時還不忘拉著青年一起走，保羅眞想把這個累贅丟下算了。

感受到保羅赤裸裸的鄙視，威利眞想找個洞鑽進去。想當初自己還在潔西嘉面前誇下海口，然而卻在敵人的追捕下表現得如此不堪，甚至還要少女拉著他才能繼續逃跑，威利眞的覺得臉都丟光了！

在羞愧的同時，青年還有著無法壓抑的惶恐。

本以爲只是放走一名小小的兔族，頂多事後向吉羅德補償一筆金錢就可以了，想不到竟因此惹來殺身之禍。在帝國企圖殺害擁有爵位的貴族可是殺頭的大罪，既然吉羅德要向他出手，那麼就必定會趕盡殺絕！

感到保羅對威利的不喜，潔西嘉拉住威利的手臂，向保羅懇求道：「是威利大哥放我出來的。保羅，你帶著威利大哥一起走好不好？」

本來救出潔西嘉只是想要滿足自己身爲男性的虛榮感，可現在最不堪的樣子都被少女看見了，再加上自己惹上殺身之禍也是因爲她的緣故，現在面對著少女親暱的態度，威利不單毫不高興，甚至還遷怒地感到厭惡：「別碰我！妳離我遠一點！嫌害我還不夠嗎!?」

說罷，更狠狠甩開自己身邊的小兔。

潔西嘉愣了愣，想不到一直對她很和善的威利會突然性情大變發難，一時間少女完全沒有防備，被青年猛力一甩，便跌坐在地。

在動手的瞬間威利便後悔了，其實他也知道自己只是遷怒少女。雖說被吉羅德追殺是因爲救出潔西嘉的關係，可一切都是他自願的，他更曾經在少女的面前誇下海口會保護她，要說責任的話，他並不能全部推卸！

其實威利不單不討厭潔西嘉，甚至還對這嬌怯怯的兔族少女很有好感。可惜卻偏偏被喜歡的女孩子看到自己窩囊的一面，這讓本就被寵壞的威利子爵惱羞成怒。

一旁的保羅也沒想到威利會忽然發難，上前扶起少女之際，一雙鷹目銳利地狠瞪著臉上閃過一絲內疚的威利：「你是什麼意思!?」

本來正要道歉的威利受到保羅質問，立即氣惱地大聲反駁：「你又是誰了？我與潔西嘉之間的事關你什麼事？」

一想到最後眞的出現英雄救美的戲碼，可是英雄卻不是自己，威利看保羅的眼神簡直就像在看殺父仇人一樣。卻又不想想若沒有保羅，他早就成了百箭穿心的刺蝟了。

「嗚……你們不要吵架……」潔西嘉顫抖地介入兩人中間，充滿火藥味的氣氛把膽小的小兔嚇哭了。

看潔西嘉被嚇得不輕，保羅冷哼了聲便不再理會張牙舞爪的威利，整個神態簡直就像一個大人不與被寵壞的小屁孩一般見識似地，把威利氣得牙癢癢，卻又找不到理由發難。

看威利不再使性子，潔西嘉總算吁了口氣，隨即睜著一雙紅寶石般明亮的大眼睛疑惑地詢問：「保羅，你怎麼會在這兒？」

保羅苦笑著揉了揉小兔那白雲般的鬈曲短髮：「妳的失蹤可把大家嚇得不輕啊！不單是我，安迪與班森也來了。要不是礙於喬小姐的計畫，我們早就強行進攻大宅把妳救出來。說起來，妳就是喬小姐口中的臥底嗎？」男子最後一句話卻是問向威利。

威利驚訝得直眨眼，也顧不得生氣了：「你們說的喬小姐是喬．希柏林嗎？天啊！舅父終於要向吉羅德下手了嗎？難怪吉羅德會向我下殺手！」卻不知道被追殺的原因並不是因爲他與男爵的親戚關係，其實是因爲吉羅德誤以爲帳簿在他們手上。

「舅父？你是賈斯特男爵的……」

一提及賈斯特男爵，威利立即找回身為貴族的優越感，趾高氣揚地說道：「我是威利子爵，賈斯特男爵是我的舅父。」

很可惜獸族對人類的爵位本就沒什麼感覺，更何況有出身更為高貴的西維亞公主作朋友，兩人倒還眞的沒有把威利引以自傲的爵位放在眼裡，只是淡然地點了點頭示意了解。這種淡然的態度讓高姿態示人的威利就像一拳打到棉花上似地，鬱悶得很。

「看你的表情並不清楚賈斯特男爵的計畫，救出潔西嘉也只是湊巧吧？」保羅很乾脆地把威利定位為路過的路人甲後便不再理會他，轉而詢問在旁的小兔：「潔西嘉，妳沒有遇上男爵大人安插在吉羅德身邊的臥底嗎？喬小姐說她已通知那名臥底救妳出來。」

小兔茫然地搖搖頭。

保羅皺起眉：「吉羅德已鐵了心非殺你們不可，躲在這裡並不是長久之計，終會被他們找到的。」

說罷，保羅看了看身材嬌小、相對地腳也不長的潔西嘉，再看了看膚色比女子還要白皙，一看就知道不做運動的威利，最後嘆了口氣：「罷了，萬一在路上遇到吉羅德的追兵你們也跑不動，還是由我跑一趟吧！在這期間你們不要離開山洞，我很快會帶救兵回來。」

□

在保羅領著威利與潔西嘉進入山脈的同時，作爲臥底及帳簿眞正盜竊者的卡朗也安全地回到山脈中，喬與獸族所在的基地裡。

看著單獨回來的卡朗，早已等得不耐煩的班森正要發難，可喬卻已先他一步詢問了她所關心的事：「怎麼只有你一個人？潔西嘉呢？」

喬臉上的焦慮與擔憂是如此地眞摯，這讓班森重新感受到這位人類貴族千金對獸族的誠意，以及對潔西嘉的在乎。班森忽然發現這個事事與自己作對的少女，看起來好像沒那麼討厭了。

卡朗驚訝地反問：「怎麼了？她還沒與你們會合嗎？我去她的囚房時發現房門

大開，潔西嘉小姐早已不見蹤影。我還以為是計畫有變，你們派出的那位夜鷹族族長先一步把人救走了。」

聽到卡朗的話，班森對男子的怒氣緩和了些，可是卻變得更焦躁：「沒有，我們的確有一名夜鷹族的同伴混進吉羅德的大宅裡，可他只是負責藏在暗處保護潔西嘉的安全，並不會直接出手營救。如果潔西嘉真的順利逃離，那麼他應該會帶小兔過來與我們會合才對。」

「卡朗先生，能詳細說說當時的情況嗎？」安迪苦惱地輕皺雙眉，這個簡單的小動作在那張美麗的臉容與狐族特有的狐媚氣質襯托下，竟有著奪人心魄的魅力，即使是心志堅定的卡朗也不由得為之失神。

雖然卡朗的失態只是瞬間的事，可他還是不得不驚歎於狐族天生的媚惑力，心想眼前的安迪身為男兒身已如此不得了，那狐族的女性不就美得要人命了嗎？卻不知道安迪雖是男兒身，可在美女如雲的狐族中也是數一數二的美人。

聽過卡朗的描述，安迪嘗試從所得情報中推測潔西嘉的去向：「以兔族靈敏無比的聽覺，只要聽過一次開鎖的過程，分辨出齒輪不同的聲音再將機關打開也不是什麼困難的事。只是單憑潔西嘉一個人的力量是無法做到的，至少有一名同伴在囚房外替她轉動機關，可那個人卻不是藏於暗處的卡朗……卡朗，我記得你曾提及吉羅德當時在宴客？」

卡朗頷首：「是的，當時吉羅德與他的心腹手下正在款待威利子爵，我便是趁著這個機會把帳簿偷到手的。」

喬聽到威利的名字時，不禁勃然大怒：「那個白痴少爺！他竟然想與吉羅德合作？那個人可是吃人不吐骨頭的，與他合作無疑是與虎謀皮，眞是蠢斃了！他該不會天眞地以爲自己是個子爵便可以橫行天下了吧？」

安迪一雙俏目精光一閃：「方便告訴我這位威利子爵是個怎樣的人嗎？」

「那個人追求我多年了，自以爲是個子爵便天下無敵，有色心卻沒色膽，經常與他的狐朋狗黨混在一起……啊！我這麼說並沒有冒犯狐族的意思……總而言之，就是個被寵壞的紈褲子弟，可是本性也不算太壞，這麼多年來也沒有幹出太出格的事情，所以我父親也對他睜隻眼閉隻眼。」喬的一番話說得很不客氣。

安迪歪了歪頭：「也就是說，他除了擁有高貴的身分與男爵大人這個後台以外，便只是個自視甚高的好色軟腳蝦，對吧？」

眾人不禁汗顏，心想這位美麗的狐族青年說出口的結論比喬還要犀利啊……偏偏內容卻又如此中肯。

安迪這番話很對喬的脾氣，只見少女被他逗得咯咯笑道：「你說得全對呢！」

「那會不會是這樣——潔西嘉向路過的威利求救，威利為人好色，再加上自恃子爵的身分，對他來說放掉潔西嘉也不是什麼大不了的事情吧？頂多東窗事發時，賠上一筆金錢把她買下來就好了，反正潔西嘉本就是拍賣的商品，順利的話子爵大人還可以過過英雄救美的癮。」

如果威利此刻在場，聽過安迪的猜測後，必定嚇得下巴也掉下來。這聰慧的狐族青年不單猜測得與事實相差無幾，甚至還把威利的心態也完美地模擬出來了。

班森詢問：「可這樣一來，保羅為什麼沒有帶他們回來？」

安迪的視線移向安放在木桌上的帳簿。

喬驚呼：「難道吉羅德誤以為盜走帳簿的人是潔西嘉!?」

安迪嘆了口氣：「也只有這樣，一切才說得通……」就在安迪還要說什麼之際，一隻英偉的飛鷹從打開的窗戶矯捷地飛翔而入，打斷青年要說的話。

「吉羅德派人追殺潔西嘉，而且是不死不休的態勢！」保羅的低沉嗓音隨即響起。

爲了證實安迪的猜測，喬立即反應迅速地問出關鍵性問題：「威利與潔西嘉在一起嗎？」

保羅吃驚地低呼：「你們怎麼會知道!?」

「該死！」聽到這句證明了安迪猜測的話語，班森再也坐不住了，卻被喬一手拉住。

「班森，等一下！」

「放手！你們如願以償地獲得想要的帳簿了，就別再阻礙我們救人！」激動之下，班森的人類形態不由得露出一些野獸特徵。那泛著冷光的獸爪、尖銳的犬齒，以及不屬於人類的貓科瞳孔，再配以盛怒的表情，令青年看起來猙獰嚇人得很。

偏偏喬絕不是好欺負的，別看這名少女清麗可愛，可怒起來卻是很難纏的——尤其是道理站在她那邊的時候。

果然，班森猙獰的樣子完全沒有嚇到看似柔弱的少女，反倒是激起了少女的凶性：「你這麼說是什麼意思？你想說我們是故意的嗎？你在怨恨卡朗把營救潔西嘉排在盜取帳簿之後嗎？」

說眞的，班森最大的不滿還眞的被喬說中了。在青年的想法中，要是卡朗不貪圖那本帳簿而把潔西嘉放在第一位，那麼也許小兔便不用遭遇如此危險的事情了。

凝望著班森挑釁而不悅的雙眼，喬發出完全不符合千金小姐身分的冷笑聲：「卡朗有什麼錯？站在他的立場，被囚禁的潔西嘉根本就沒有絲毫危險，身爲一名潛伏在內的臥底，他把帳簿放在首要位置也在情理之中。威利的事只是個意外，你怎能因爲一個人力所無法控制的意外，而把氣發在冒著危險想要營救潔西嘉的卡朗身上？」

雖然班森經常與喬爭論，可是面對少女如此尖銳冷漠的質問還是第一次。班森張著嘴，就是想不出反駁的話語。最終黑豹悶悶地問了一句：「如果是妳呢？如果換成妳站在卡朗當時的位置，妳會怎樣選擇？」

喬理所當然地答道：「作爲一名潛伏在內的臥底，把帳簿放在首要位置確實是在情理之中。可作爲潔西嘉的好友，我就只能把她的安危放在第一位了。」

班森緊逼著詢問：「即使她看起來沒有立即的危險？」

喬毫不猶豫地點頭：「即使她看起來沒有立即的危險。」

愣了愣，班森自個兒糾結了一會，隨即乖乖地向卡朗低頭認錯：「抱歉，你只是執行公務，與潔西嘉也不認識，我不該如此苛求你。」

卡朗拍了拍青年的肩膀，一切盡在不言中。

此時安迪已從保羅口中知曉潔西嘉兩人躲藏的位置，並不忘揶揄班森：「你連他們人在哪兒都不知道，就想衝出去做什麼？」

喬一臉無辜地攤了攤手：「我剛才拉住你就是想提醒你這一點，卻反被你罵了一頓。」

班森臉上一紅，這次眞的丟臉丟大了。

□

「可惡！那個保羅眞慢！喂！妳說那個人眞的可靠嗎？萬一他離開後不願折返回來涉險，那我們在這兒呆等不就冤死了嗎？」保羅走後不久，待在洞穴裡的威利很快便坐不住了。

「保羅會回來的，我相信他。」

少女充滿肯定與信任的話語，不知爲何讓威利感到很不是味兒，忍不住負氣地道：「妳那麼信任他，就跟著他走嘛！留在這裡做什麼!?」

潔西嘉怯怯地詢問：「威利大哥，你怎麼生氣了？」

剛才的話一說出口，威利便後悔了，他也不明白自己爲什麼一聽到少女提及保羅的名字便生氣，也想不明白眼前那傻傻的小兔怎麼總能牽動他的情緒。感受到少女的不安，威利想要安慰潔西嘉，可憑他二十多年的米蟲生活，欺負女孩子的話倒是經驗豐富，可是想安慰別人卻是破天荒的第一次。一時間，青年根本就不知該怎麼辦，只能煩躁地在洞穴裡繞圈子。

看到威利距離洞口愈來愈近，潔西嘉小聲告誡：「外面很危險，保羅說過要留在這兒等他的。」

少女的話無疑是火上加油，讓本就煩躁的威利子爵更坐不住：「我就偏要出去，怎樣!?」雖然嘴巴上這麼說，可威利卻不是不知輕重，這番話也只是像個鬧脾氣的孩子般說說罷了，他可不敢眞的往外衝。然而，這一聽便知道是氣話的威脅偏偏小兔就是相信，頓時手足無措地衝前阻擋住洞口，深怕威利眞的意氣用事往外闖。

在潔西嘉不知所措之際，靈敏的聽覺接收到一些不尋常的聲音。

「噓！」此時潔西嘉也顧不得安撫人了，做了個噤聲的手勢，少女全神貫注地聆聽著洞外傳來的聲響，想要分辨出那到底是什麼聲音。

看潔西嘉一臉嚴肅，威利也不敢再鬧脾氣，乖乖地閉上了嘴巴，盯著少女凝重的臉，想要看出什麼來。

「不好！是靈犬！」終於辨別出遠方聲音的潔西嘉神色一變，隨即少女也在威利的眼裡看見了相同的恐懼。

靈犬是一種外型像狗、以靈敏的嗅覺著稱的珍貴魔獸。牠們四肢修長，雖然攻擊力不高卻速度奇快，是狩獵的好幫手。在狩獵時帶上一頭靈犬，絕對是又拉風、

又實用，是所有貴族子弟夢寐以求的事。

「靈犬？不會吧！吉羅德什麼時候獲得這麼珍貴的魔獸了？」不由得威利不驚，尋常獵犬的嗅覺與靈犬根本就沒辦法相比，只要吉羅德出動靈犬，山脈再大、他們藏匿得再隱蔽，被找到也只是時間問題而已。

「我曾經看過貴族使用靈犬狩獵，牠們的叫聲與腳掌落地的聲音很特別，我是不會認錯的。」潔西嘉少有地露出自信的表情。在聲音的領域上能勝過兔族的人不多，也難怪少女能如此確定。

威利猶自驚疑不定：「以吉羅德的性格，成功入手這麼珍貴的魔獸，平常又怎會不帶出來招搖？除非……」

潔西嘉與威利異口同聲地說道：「除非這頭靈犬也是拍賣的商品！」

說罷兩人面面相覷，一時間洞穴中陷入可怕的沉默。

「那怎麼辦？我們還留在這裡沒關係嗎？」剛才還吵嚷著要出去的威利整個兒慌亂了。洞穴的位置再隱蔽，在靈犬的嗅覺下還是無所遁形。繼續留下來，被靈犬找到時，就是甕中捉鱉的必死局面。

威利快哭了：「神靈在上！剛才我真的只是隨口說說而已，怎麼轉眼間便逼得我們不得不離開洞穴衝出去涉險了？難道是我烏鴉嘴嗎？」

潔西嘉的反應更乾脆，直接「嘩」地一聲哭給他看。

「怎麼辦？可是、可是我答應過保羅不會出去的。嗚～威利大哥對不起，我也不想連累你的。我……我前幾天被抓時，手裡的胡蘿蔔被那些壞人沒收了……」小兔愈說愈委屈、愈說愈傷心，抽抽噎噎地泣不成聲，最後就連幾天前的舊帳也翻了出來。

「那些胡蘿蔔怎樣都無所謂，現在逃命要緊！」看潔西嘉方寸大亂，威利反而很神奇地冷靜下來，並且再度被柔弱嬌小的小兔激起他的英雄氣概。

「放心！我會保護妳的！」

似曾相識的一句話從威利口中脫口而出，回想被吉羅德追殺時自己的差勁表現，威利恨不得刮自己一巴掌，怎麼哪壺不開偏提哪壺了？

然而潔西嘉卻一如以往地向青年投以感激與信任，停止哭泣的小兔仰起滿是淚痕的小臉再三確認：「真的？威利大哥，你不再生我的氣了嗎？」

威利嘆了口氣，伸手揉了揉潔西嘉的髮絲：「我生氣並不是因爲受妳連累，我只是氣自己而已。」

說罷，青年牽起潔西嘉的手，鼓起勇氣說道：「走吧！」

「嗯！」

□

一方面擔心小兔的安危，一方面帳簿也到手，再也沒有後顧之憂的喬安排卡朗趕至男爵府調派軍隊支援，她與獸族三人先一步趕往潔西嘉與威利藏匿的山洞。

這命令曾遭到卡朗的強烈反對。對這名忠於賈斯特男爵的心腹手下來說，喬的安危遠比潔西嘉等人重要，他無法任由這位身分高貴的大小姐留下來涉險，可卻被喬以「你的騎術比我精湛，我們此刻急需支援」爲由否決。

以鷹身飛翔於半空的保羅，繼續充當著「天眼」的角色領先在前，飛鷹的下方緊緊跟隨著化爲獸體的黑豹與赤狐，還有策騎的喬。

進入山脈不久，保羅卻示意急速趕路的眾人停下。

「有什麼發現嗎？」

保羅降落在眾人藏身的巨石群上，一雙鷹目閃過淩厲的銳利光芒：「吉羅德的人聚集在一起，似乎在追捕著什麼，數量幾乎有百多人，而且我還隱約看到一頭靈犬！」

「靈犬！」喬驚呼了聲，隨即苦笑：「以吉羅德的勢力，百多人算什麼，要不是事出突然，再加上他要隱密行事，追殺潔西嘉他們的人數遠不止這區區的百多人。」

黑豹咧了咧嘴：「妳倒說得輕鬆，這『區區的百多人』已足夠我們吃不完兜著走了。」

喬很乾脆地攤開了手：「你跟我抱怨也沒用，有不滿的話請直接向吉羅德反應，謝謝！」

「妳！」

安迪阻擋在兩人之間：「停！你們怎麼總是說不到兩句便吵起來了？現在可不

是內鬨的時候。想不到吉羅德有靈犬的幫助來得這麼快，吉羅德出動靈犬，潔西嘉與威利絕對跑不遠。爲免一下子所有人都陷進去，我與保羅趕至前面看看，你與喬小姐留在這兒見機行事吧！」

其實安迪也不放心留下喬和班森這對冤家單獨相處，可是四人中只有他與保羅的獸體體形較小，能夠不被人發現便繞至敵方前頭，也只能期盼這兩人能夠顧全大局，不要闖禍了。

交代了幾句，安迪便匆匆與保羅一起往洞穴的方向走去，留下班森與喬大眼瞪小眼。

看到喬不懷好意的眼神，班森立即心生警兆：「妳想怎樣？」

臉上保持著純潔的微笑，喬卻在內心驚訝著班森的警覺。果然世上最了解自己的人不是朋友，而是敵人嗎？

「那麼緊張幹嘛？我可沒那麼小家子氣想報復你，腦子裡想著的絕對是正經事。現在潔西嘉的情況那麼危險，我們留在這裡呆等眞的好嗎？我們是不是也可以做一些能力所及的事，例如幫忙引開敵人的注意？」少女說得正氣凜然，不知爲

何，她愈是說得一臉正氣，班森便愈是感到提心吊膽。

「哼！話倒是說得很好聽，可妳憑什麼引走吉羅德的人？山脈的地勢根本就不適合策馬，我敢打包票妳衝出去只會淪爲累贅。做人要量力而爲妳懂不懂？大小姐！」說罷，青年還滿臉嘲諷地指了指少女拴在岩石後的馬匹，鄙視的神情要說有多明顯便有多明顯。

喬卻不怒反笑，露出奸計得逞的神情：「不！方法還是有的！只要找到速度快、適合在山脈高速移動的坐騎就可以了。」

班森翻了翻眼：「坐騎？這裡的岩石要多少有多少，可坐騎到哪裡找了？」

喬掩嘴一笑：「不是遠在天邊，近在眼前嗎？」

「……你在說我？」

少女沒有說話，可眼神分明在說：不是你還有誰了？

「不！不行！我是獸族又不是牲口，絕不會像馬那樣被人騎在身上！」

喬聳了聳肩：「這是我唯一想到可以幫得上忙的地方。你不肯便算了，那我們就呆坐在這兒替潔西嘉他們祈禱吧！」

班森的表情變化頓時變得很豐富，天人交戰良久，青年垂頭喪氣地妥協了：「上來吧！」

喬毫不客氣地跨上化身爲獸體的黑豹背部，並拍了拍黑豹的黑色頭顱：「放心吧！既然答應要幫忙，那我一定會好好幹的！」說罷，少女露出詭異的笑容，彷彿有條小惡魔的尾巴在背後搖啊搖：「一會兒你聽我說的行事準沒錯，我保證你會覺得很有趣的。」

□

憑藉著靈犬的嗅覺，吉羅德很快便找到威利兩人躲藏的洞穴，可惜當他們闖進去的時候早已是人去樓空。

「可惡！給我分散搜捕！我就不信這麼多人再加上靈犬的嗅覺，會找不到區區三個人！」

在吉羅德怒不可遏地誓要追到人的同時，威利二人也不好過。拚命奔跑的威利

覺得雙腿簡直就像不屬於自己似地，把一生所跑的時間加起來，也許還沒有今天這麼多。

聽著身後的呼喝聲，到了此刻威利多後悔啊！早知道會有被人追殺的一天，他再懶也必定會去學習劍術防身，也不會流連在煙花場所任由身體被淘空，更不會連走一條街道的距離也要用馬車代步……懺悔到了這裡，青年不禁汗顏，不想不知道，這麼一回想才發現原來自己以往的生活是這麼廢的啊……

「怎麼辦？再這樣下去一定會被他們追上的！」潔西嘉跑得上氣不接下氣地詢問。小兔的狀況也不比威利好多少，即使身爲獸族的潔西嘉體力再好，終究也是個女孩子，何況身材嬌小的她雙腳自然比威利短小，在地勢崎嶇的山脈奔跑了這麼久，少女也大呼吃不消。

聽到背後的呼喝聲愈來愈接近，威利忍不住回首察看，卻正好看到一名吉羅德的手下攀上稍高的岩石，並且引弓瞄準了他們的背後……

「小心！」不知道哪來的勇氣，威利用力把潔西嘉推往旁邊的岩石堆，自己卻成了箭矢的攻擊目標。

看著迎面而來的奪命銀光，威利的心裡卻意外地平靜。沒有恐懼，也沒有悔恨，只滿心想著自己這次總算是履行了承諾，有好好保護潔西嘉了吧？也總算對得起少女的信任，以及喚自己的那聲「大哥」了。

就在所有人都認爲青年必死無疑之際，令人熟悉的一幕出現了。一道快得看不見本尊的身影從半空掠過，射向威利的箭矢瞬間便被抓在鷹爪之下。

「喀卡」一聲，保羅一使力，便把箭矢攔截折斷，然後像垃圾般丟棄在地上。再次從箭下救出威利的小命後，保羅緊接著高速飛向位於岩石上的箭手，並狠狠在對方臉上抓出兩行深深的抓痕。

箭手在劇痛下失足摔倒，以岩石的高度來看，雖然還不至於要了他的命，但卻足以讓他失去戰鬥力。

「威利大哥！」

一切只發生在電光石火間，當潔西嘉回過神來的時候，事情已經結束了。劫後餘生的威利雙腿一軟，整個人癱坐在地上。先前慷慨赴死時還不覺得害怕，現在緩過氣來才感覺到死亡臨近的恐怖，心臟不爭氣地怦怦怦地跳。

「還愣著做什麼？跑啊！」一頭赤棕色狐狸從岩石堆中躍出後，便向威利口吐人言，著實把青年嚇了一大跳。

不同於被狠狠嚇到的子爵大人，潔西嘉看到狐狸時卻眼前一亮，滿臉驚喜：「安迪！」

聽到小兔的歡呼，威利這才醒悟到對方應該是化身獸體的獸族人，同時也想起吉羅德還在後面追擊……

從死亡衝擊下驚醒過來的威利，整個人從地上彈起，拉住潔西嘉便繼續他們的逃亡大業，不過兩人行此刻卻多加了一鷹一狐。

經過這番耽誤，他們與身後追兵之間的距離逐漸拉近，還好此刻有了保羅的帶領，還有安迪利用保護色的優勢，不時從岩石衝出擾亂敵方，一追一逐間，敵方暫時還是拿他們沒轍，形成了膠著的局面。

每個人都很清楚，這個看似勢均力敵的局面其實只是個錯覺，待逃跑的兩人體力用盡，吉羅德便能憑著人數上的優勢給予威利等人致命一擊。

「加油！援兵很快便會來的！」潔西嘉乾脆變成兔子趴在狐狸的身上，可是對於威利他們便愛莫能助了。安迪不停爲威利打氣。

「奇怪，後面的人好像變得愈來愈少……」伏於狐狸背上、臉朝後一直監視著敵方動向的潔西嘉用毛茸茸的小手揉了揉眼珠，一臉的不可思議。

□

此時，在吉羅德一伙人的大後方，正上演著另一場追逐戰。

一頭毛色黑得發亮的黑豹穿梭於岩石間，線條優美的背上坐著一名蒙面劍士。這人出手狠辣，仗著不錯的劍術與出眾的坐騎，神出鬼沒地從岩石背後躍出，從後偷襲把其中一名敵人的背脊穿個透心涼後，便立即撤退絕不戀戰，每次攻擊都順利擊殺一人，並引走數人。

這一人一豹自然是喬與班森了。

相較於玩得不亦樂乎的喬，班森卻是完全開心不起來。長這麼大，他還是第一次被人當成坐騎騎在身上，雖說是爲了救人的權宜之計，但依舊讓黑豹的心情變得鬱悶萬分。

不知不覺間，兩人身後已分批跟著幾十人，以黑豹的速度甩開他們根本就是輕而易舉的事，可喬偏偏就是很陰險地讓班森保持著不快不慢的速度，既讓他們追不著，又不讓他們失卻報復的希望。

擁有豹族中珍稀的黑豹血脈，無論是體力、速度還是反應，都出類拔萃，何曾被人像現在這樣不遠不近地追在屁股後面？班森的不爽可想而知……

不過在鬱悶的同時，班森也不得不佩服喬的能力，在少女的指引下，兩人一直帶著一撥又一撥長長的尾巴在山脈間繞圈子，偏偏這幾十人互相還不會碰上，甚至偶爾喬還會讓班森略微加速衝至吉羅德隊伍背後，殺上一個人再引上幾個來增添尾巴的長度……

結果就是當在大隊伍前面的吉羅德發現時，身邊的手下竟被喬與班森引走了足足一半多！

「人呢！人都跑到哪去了!?」

吉羅德不由得吃驚，任誰發現足有百多人的隊伍悄聲無息地減少了一半人數時，這詭異的狀況無論再大膽的人也會被嚇一大跳。

更讓吉羅德大驚失色的是，進城尋找救兵、已恢復了原本面目雄姿英發的卡朗，正好在此時帶著一隊人馬趕至。

賈斯特男爵名下的私兵全都是受過正規軍訓練、身經百戰的高手，吉羅德手下的烏合之眾與對方相比根本就不堪一擊。結果自然沒有任何懸念，私兵像殺入羊群的虎狼般，一交手便硬是把吉羅德的隊型撕裂開來，以神速打得敵人四散逃竄。

「投降者不殺！」隨著卡朗的呼叫聲，戰意全失的吉羅德等人灰溜溜地丟掉手中的武器，乖乖地束手就擒。

在吉羅德等人目瞪口呆的注視下，那頭中途加入戰團的赤狐搖身一變，成為一個看不出性別的中性美人：「卡朗，別放鬆戒備。先前追捕我們的足有百多人，小心吉羅德在附近設下埋伏。」

面對著安迪的美貌，即使成為俘虜了，吉羅德還是禁不住心猿意馬，滿腦子只想著脫困後如何把人囚禁在身邊，好好品嚐一下狐族美人的滋味。

吉羅德赤裸裸的貪婪目光讓安迪渾身不自在。

察覺到青年的不安，卡朗踏前一步，用自己的身體阻擋住吉羅德滿是情慾的視線。

卡朗的動作立即把吉羅德激怒了：「你們只是賈斯特男爵所養的狗，根據帝國律法，領主無故出兵殺傷平民是要被削爵位的！」

「吉羅德，你是腦子壞了、傻掉了嗎？根據帝國律法，販賣其他種族是要上絞刑台的！你還是先擔心你自己吧！」隨著清脆的笑聲，騎乘著班森的喬出現在眾人的視線裡。

認出這名穿著男裝劍士服、扯下臉上黑布的人，是那位喜歡女扮男裝的領主千金，吉羅德臉色大變，卻猶自嘴硬地反駁：「想不到是喬小姐親自領兵，這也算是我吉羅德的榮幸了。可沒有證據便向權貴出手，這點我倒要向男爵大人討個說法，難道這就是希柏林家族的家教嗎？」

吉羅德之所以這麼硬氣也有他的理由，只因這人一直認定帳簿是潔西嘉與威利所偷，現在喬一行人才剛剛與小兔他們會合，也就是說賈斯特男爵在未有真憑實據以前便派兵向他出手，這可是犯了權貴間的大忌。

自從菲利克斯六世即位後，貴族的權力被大大削弱，即使貴族想要清理領地裡的罪惡，也不能貿然行動，在沒有掌握罪證的情況下，應該先向審判所備案，再讓審判所下拘捕令進行調查。

沒有眞憑實據便出兵抓人，絕對會引起其他勢力的同仇敵愾，到時賈斯特男爵在無序之城苦苦經營的勢力便會毀於一旦。

只見吉羅德有恃無恐地續道：「只要喬小姐願意歸還帳簿，這次你們私下向我出手的事，我絕對會守口如瓶、不予追究。當然我吉羅德也不是不識時務的人，賈斯特男爵辛苦了那麼久，我不會讓眾位無功而返，這次拍賣會的商品——包括這位兔族少女，就當是我孝敬男爵大人的禮物吧！」

一番話下來，先是威脅後是給好處，吉羅德自覺做得滴水不漏，也給足這位男爵千金面子，自信對方再不甘心也會見好即收。

喬聞言狡黠一笑，看了護在安迪身前的卡朗一眼。

獲得少主的示意，卡朗悠然從懷裡取出審判所所下的拘捕令。

看到拘捕令的瞬間，吉羅德臉都綠了，先前的自信瞬間瓦解：「不可能！帳簿

在那名兔族手上，你們怎會獲得拘捕令的!?」

吉羅德慌亂的神情對威利來說簡直就是大快人心。被對方追殺了一整天，青年自然不會放過這個痛打落水狗的大好機會，立即蹦出來說道：「怎麼不可能？你這白痴根本從一開始就追錯人了，我與潔西嘉壓根兒就不知道帳簿的事情，一定是卡朗這傢伙把帳簿偷出來的啦，白痴！」

吉羅德難以置信地瞪著卡朗：「難道……你就是那個失蹤了的看門人？」

卡朗一臉淡然地點了點頭，隨即吉羅德兩眼一翻，很乾脆地暈倒了。

看著嚇得暈倒在地的吉羅德，他的爪牙們最後一絲反抗也頓時消失無蹤。他們都明白吉羅德這次是真的完了，也犯不著繼續為這個前途堪慮的主子犯險。

看著這些變得比綿羊還要乖巧的俘虜，卡朗冷哼了聲，便要領兵把人押至審判所，卻被喬笑盈盈地阻止：「等一下，我們還有『客人』未到。」

果然下一秒，陣陣的馬蹄聲以及「混蛋小子！納命來！」的怒吼聲遠遠傳來，卻是尾隨在班森與喬屁股後的第一撥尾巴到了！

說起來，這些人還滿可憐的，辛辛苦苦追在黑豹的背後吃塵，被戲弄了大半天後便直直撞進了卡朗的包圍網，實在是哭也沒地方哭啊！

在收拾了三組「尾巴」後，卡朗忍不住詢問：「到底還有多少人？」喬數了數：「大約還有五組左右吧！」

安迪不禁感嘆：「我終於知道吉羅德那些失蹤的手下到哪裡去了。」敢情他們不是躲起來埋伏，而是被引走後成了大小姐的娛樂啊！

「混蛋小子！納命來！」啊啊！又來了……

□

經過審訊後，吉羅德罪證確鑿，不單所有財產土地被國家充公還被判以吊刑，令一眾多年來深受其壓迫的民眾拍手稱快。

同時，案件還牽引出不少與吉羅德有著黑暗交易的權貴，正式揭起一場國家與無序之城各勢力的戰爭。

□

在一道充滿黑暗氣息、由暗黑之神的力量所遙距凝聚而成的傳送門前，獸族四人正與喬等人道別。

「威利大哥，謝謝你！」潔西嘉向威利甜甜一笑，嘴角的酒窩甜得彷彿能滲出糖來。

小兔完全不怕生的表現，讓安迪與班森瞠目結舌。潔西嘉一向膽小怕生，什麼時候能在那麼短的時間便與人混得這麼熟絡了？

可愛真摯的笑容讓威利呆掉了，臉更是不爭氣地紅了起來。

喬笑嘻嘻地拍了拍威利的肩膀：「你的英雄事蹟我可是聽說了，這次幹得不錯嘛！表哥！」

對於一直煩厭自己追求行動的喬的讚美，威利自然感到受寵若驚，可是卻出奇地無法對笑語盈盈的表妹生出任何邪念。反而還暗暗偷看潔西嘉的反應，有點心虛地害怕對方誤會他與喬的關係。

感受到威利的心不在焉，喬疑惑地順著青年的視線看過去後，露出恍然大悟的神情，竟惡作劇道：「我對你另眼相看了！好吧！雖然你不是美男子，不過我可以給你一個追求本小姐的機會。」

這段時間早已受夠喬的惡作劇的班森以手撫額，仰天長嘆。

那位男爵大人到底是怎麼教的？

魔女！這簡直就是個魔女！

本來能獲得喬這種出身好、長相優的美女青睞，對威利來說是夢寐以求的事情，可在潔西嘉那清澈好奇的目光下，婉拒的話卻不由自主地脫口而出：「表妹，妳就別拿我開玩笑了！我又怎配得上喬表妹妳呢？」

看威利一臉狼狽、緊張兮兮的樣子，喬也難得良心發現，不再逗他：「你說對了，我就是開玩笑的。」

雖然獲得如願的拒絕，可是眾目睽睽之下，被女人拒絕終究不是什麼愉快的經驗，威利還是鬱悶得想去撞牆。

語畢，喬含情脈脈地瞟了班森一眼：「我倒是對某頭黑豹滿有興趣的。」當坐騎的興趣。

一句話嚇得班森像炸毛的貓般，退退退退得遠遠的。

「喂！你們這群小崽子到底要不要回來啊？以爲鎖定傳送陣很輕鬆嗎？再不回來我便把傳送陣撤了，你們步行回來吧！」妮娜嬌柔甜美的嗓音從傳送門的彼端傳來，嚇得獸族眾人慌慌張張地便要離開。

「等、等一下！」

看著潔西嘉被班森急急忙忙地拉進傳送門裡，威利焦慮地伸出手，可惜卻慢了一步，只能沮喪地看著小兔的身影消失在傳送門彼端。

就在傳送門即將消失的瞬間，最後一個進入魔法陣的保羅探出半個身子，向年輕的子爵伸出了拳頭：「我爲我當初的輕蔑道歉。你有著爲同伴以身阻擋危險的勇氣，是值得我敬重的強者。歡迎你有空到石之崖作客。」

威利聞言愣了愣，忽然有種想要哭泣的衝動。可青年還是把幾乎奪眶而出的眼淚忍了回去，咧了咧嘴，伸出拳頭與保羅的拳頭相擊了一下：「我會去的！」

保羅笑了笑，隨即身影隱沒進傳送門裡。

大量的闇元素隨著傳送門的消散而消失，天空再度恢復晴朗。

藍天上潔白軟綿的白雲，令威利想起了潔西嘉的乳白髮絲，不由得讓青年看得出神。

「潔西嘉，等我！我一定會過來找妳的……痛！」呆望天際的威利忽然感到頭上傳來一陣劇痛，卻是一旁的喬狠狠往他的後腦勺打了下去的緣故。

「就你這副樣子還想到石之崖追求潔西嘉嗎？不行！身爲無序之城的一分子，我可不會讓你到石之崖丟我們人類的顏面！」

「是是是！表妹妳說不行我便不去了！」威利可憐兮兮地答允，心裡卻想：我就偷偷過去，妳管得著嗎？

彷彿聽到青年心裡所想，喬笑嘻嘻地道：「光用走路的話，以石之崖與無序之城的距離，足足要花一年的時間喔！說不定到時候小兔都嫁人了。別怪我們表兄妹一場我不告訴你，潔西嘉在獸族裡的人氣可是很高的！」

威利大急：「那個創神的團長到無序之城作客時，舅父不是向他購買了好幾個傳送卷軸嗎？表妹，妳作主賣一個給我吧！」

「這個嘛……我可不能讓你就這樣跑到石之崖丟臉。待你哪天與我對練劍術時能夠支撐十分鐘再說吧！」

「咦咦咦！不會吧？」

喬的一句話便宣告了威利接下來的半年都在受傷與痛呼聲中度過。想要把兔族的寶貝娶回來，子爵大人還有待努力哪！

〈小兔歷險記〉完

守護之心

卡利安至今仍清楚記得，卡洛琳王后向他憶述自身的過往後，把暗黑之神與未出生的孩子託付給自己時的眼神——充滿了對他的信任、溫暖、喜愛，以及其他許許多多讓男孩感動的情感。

所以當年小小的卡利安雖然滿心不情願，但還是無法拒絕卡洛琳期盼的目光，毅然把這個沉重的重擔默默揹負了下來。

於是，這個年僅九歲的男孩子便成了西維亞·菲利克斯殿下的守護騎士。

他一直懷疑卡洛琳這種近乎託孤的舉動，是因爲在懷孕中早已隱約預感到自己的命運；又或者，她早就知道轉生的神祇本就很難順產誕下血脈相連的子女，因爲孩子在出生時會無節制地吸取母體的力量。

可惜當卡利安想到這一點時，卻已無法向當事人求證了。

□

菲利克斯的王后卡洛琳·伊迪蘭斯亞逝世，舉國哀悼七天。美麗善良的王后在這短短兩年間獲得了人民的愛戴，她的死讓整個帝國陷入一片悲傷。以致小公主的出生也彷彿蒙上一層陰影似地，就連慶祝的宴會也因王后的葬禮而延期，國王更是對初生的小公主抱持著不聞不問的冷漠態度。

眾人皆猜測王后的死已令四殿下完全喪失了國王的寵愛，對此有人憐憫，有人惋惜，有人冷眼旁觀，卻也有人暗自歡喜。

一些對小公主出世心存顧忌的人，如馬拿家族的比奧侯爵，見狀不約而同地中止早已準備好的暗殺行動。既然這孩子不為國王所喜，衡量利害得失後，他們皆認為不值得為了一個不受寵的公主而冒險行動。

只有少部分知道內情的人，知道這一切皆是國王為了保護年幼的小公主所使的手段。

其實也不是沒有人懷疑過國王對四公主的厭惡是偽裝出來的，然而王后的死因卻為傑羅德的舉動作出了最合理的解釋。畢竟每個人都知道國王與王后鶼鰈情深，卡洛琳難產而死，傷心的傑羅德遷怒於西維亞，絕對不足為奇。

小公主的守護騎士卡利安，若不是早就知道國王的目的，只怕也會被對方精湛

的演技所騙倒。

受到傑羅德這個舉動的啓發，卡利安發現原來所謂的「守護」也有很多種不同的方法，不一定要在對方身邊時刻保護才是最佳的選擇。於是男孩示意所有知情人士保密他守護騎士的身分，與卡洛琳關係很好的他，適當地表露出對於奪去王后性命的小公主的厭惡。

甚至在慶祝小公主誕生的宴會裡，卡利安更提早離場，無禮的舉動簡直就是赤裸裸地表達出對四殿下的不滿。

「卡利安．帝多。」

當卡利安發現喚他停步的人，竟是與自己幾乎沒有交集的二殿下時，男孩那顆聰明的腦袋瞬間轉過萬千思緒，表面上卻是恭敬又不失禮數地向對方彎腰行禮：

「二殿下。」

其實仔細說來，二公主也是個美人胚子，只可惜女孩那遺傳自母親的高挺鼻梁與薄唇，給人一種刻薄的感覺，陰霾的眼神更讓人聯想到盤旋於天空的禿鷹，視線與她相接時，總給人一種不舒服的感覺。

「慶祝王妹誕生的宴會還沒結束，你怎麼這麼早便離場了？」

「早離場不就是為了讓妳這條白痴魚上鉤嗎？」心裡如此想著，可男孩的臉上依舊是看不出破綻的嚴謹恭敬：「很抱歉，場內空氣過於沉悶，待久了讓人不舒服，只好失禮地打道回府。」

王室與貴族說話一向都不會把話說得太清楚明白，卡利安這番話基本上已把對小公主的不滿表達得很明顯了。

男孩的話讓二公主露出深有同感的笑容：「我也一樣，待在那裡總感到渾身不舒服。卡利安，要是你要回去的話，我載你回去吧！王室的馬車可是很舒適的喔！而且你的父親晚點也要用到馬車，對吧？」

「那真是麻煩殿下您了。」卡利安微笑頷首，男孩在接受二公主幫忙的同時，也暗示了願意接納對方拋出的招攬之意。

其實若能讓卡利安選擇的話，他比較希望上鉤的人是三公主。只因二公主過於鋒芒畢露、藏不住心事的性格，對男孩來說並不足為懼，反倒是笑裡藏刀的三公主更為棘手。

可惜工於心計的性格註定了三公主先謀後動的性情，即使對方也有招攬卡利安的心，在行動力上卻絕對及不上決斷明快的二公主。

安坐在豪華的馬車內，初次與二公主獨處的卡利安神態自若，沒有任何侷促的神色，不亢不卑的態度，讓二公主不由得對他刮目相看。

馬車裡沒有外人，二公主再也不掩飾自己的目的，開門見山地詢問：「卡利安．帝多，你願意向我宣誓效忠、發誓追隨我嗎？」

卡利安暗暗鄙視，心想二公主果然是個空有匹夫之勇，卻上不得檯面的草包。如果此刻在他面前的是三公主，無論內心多渴望能夠獲得帝多家族的力量，那位公主也必定會耐著性子與他假意周旋一番，絕不會表現得如此急不可耐。也難怪二公主不單被大公主玩弄於股掌中，還被小她一歲的三公主踩在腳下。

也許自己應該再等等，找個機會投靠三公主，與她聯手先把二公主滅掉再說？

然而下一秒，卡利安便打消這個不切實際的念頭。

身為貴族，卡利安自然明白在眾目睽睽下如此高調地使用二公主的馬車所代表的意義。從踏上這輛馬車的瞬間起，便註定他的身上從此烙下了「二公主」的烙印。

帝國非常重視忠誠，輸誠以後無論有什麼原因都絕不是叛變的理由，叛變者即使身分再高貴，也會被世人所不齒。雖然卡利安對名譽這種虛幻的東西並不是很在乎，可是他不能接受因自己的關係令帝多家族聲譽受損。何況那麼多人看見他上了二公主的馬車，三公主即使有招攬他的心，現在也冷了吧？

而且從另一個角度看，卡利安有著彌補二公主缺點的自信，他有信心在自己的幫助下，讓二、三公主的實力維持在旗鼓相當的程度。比起逐個擊破，也許讓她們鬥得兩敗俱傷會是個更好的選擇。

想到這裡，卡利安略顯迷茫的心變得堅定起來，於寬敞豪華的馬車裡向二公主單膝下跪：「我願意向殿下奉獻忠誠，以您的一切爲榮，並成爲您對付敵人的利劍，殺盡所有膽敢侵犯我主榮耀之人！」

沒有人知道當時年僅九歲的卡利安誓言旦旦向二公主宣誓效忠時，男孩腦海中所浮現的人並不是安坐於馬車中的女孩，而是另一個睡在搖籃裡的小小身影，那個

他爲了守護而無法公開宣誓效忠的，眞正的主人。

「我接受你的忠誠。」二公主喜上眉梢，卡利安是帝多家族的長子，如無意外，他將會繼承這個古老而強大的家族。獲得他的忠誠便等同於把帝多家族掌控在手中。這讓她怎能不欣喜若狂？

□

大陸曆法一三四六年，卡利安九歲，他的小主人呱呱誕生於世上，取名爲——西維亞．菲利克斯。

經過數年的休養生息，這一年世界在降魔戰爭的打擊下逐漸恢復元氣，人類由傑羅德．菲利克斯作爲代表，與獸族達成了和平協議。

也是在這一年，卡利安失去一名亦師亦友的摯友，並肩負了對方所託付予他的重任。

□

城堡的主神殿是爲所有滿週歲的王室成員進行降神儀式的聖地。在這裡，孩子會遇上與他的靈魂最契合的神族，並與其建立關係，從此以後，這位神祇便會成爲守護這名王室成員一生的本命神祇。

這種密不可分的關係是非常神聖的，因此降神儀式對王族來說，甚至比取得誕生禮的成年儀式來得更爲重要。

今天，正是四殿下西維亞．菲利克斯舉行降神儀式的大日子。

降神是帝國內最神聖、最隱祕的儀式，把孩子安放在其所屬本命蠟火面前以後，一眾侍從、祭司、官員以及貴族便會盡數散去，有資格留在現場的人，只有主持儀式的宮廷大祭司、孩子的父母，以及他的守護騎士。

對於這個可說是小公主一生中最重要的日子，身爲守護騎士的卡利安無論如何也不願錯過。於是假裝離開神殿的男孩與眾人道別後，便立即偷偷從隱密通道折返回到主神殿中。

帝國的主神殿沒有特定信仰，他們供奉著數百個已被人類所認知的神族，所有神明都是他們侍奉的對象。可以說，主神殿是王族與神族最初的橋梁。

看到男孩折返時，大祭司雖然驚訝，不過他對於明明是二公主部下的卡利安，實際卻是西維亞的守護騎士一事並不在乎。

主神殿與王室的關係雖然密切，可他們從不涉足王權鬥爭。對他們來說，只要王室存在就可以了，無論誰當上國王，他們都沒有太大的興趣，這也是卡利安能夠安心讓大祭司知道他真正身分的原因。

小公主出世至今已有一年了，然而至今卡利安從未私下探訪過這孩子，也未曾抱過這位他發誓守護終生的小主人，這還是卡利安首次與四殿下如此接近。小嬰兒有著遺傳自母親的淡金髮絲，以及父親的紫藍眸子，秀麗的臉龐雖然有著可愛的嬰兒肥，可是已看出其輪廓與卡洛琳幾乎是一個模子印出來般地相像。

看卡利安一雙祖母綠的眸子一眨也不眨地盯著孩子看，傑羅德微微一笑：「卡利安，你要抱抱她嗎？」

男孩猶豫了一下，然後點點頭。

小公主的身體香香軟軟的，抱起來很舒服，這孩子一點兒也不怕生，打了個呵欠後稍微轉換姿勢便繼續呼呼大睡，讓卡利安不禁苦笑著嘀咕：「也太沒警覺性了吧？」正常的嬰兒不是稍有一點風吹草動便會嚎啕大哭的嗎？

傑羅德拍了拍卡利安的肩膀：「所以更需要你的保護啊！」

卡利安把嬰兒放回搖籃裡，隨即向睡得香甜的孩子行了一個騎士禮，鄭重說道：「我願意以我的生命來守護。」

聽到卡利安斬釘截鐵的保證，傑羅德在欣慰之餘，也不由得爲男孩感到心疼。臥底是個艱辛的工作，如果情況允許，他眞不希望讓卡利安身處這麼危險的位置。

可惜卡利安是個固執的人，守護西維亞是他的意志，即使傑羅德想要爲他分擔，只怕這個倔強的孩子也不會領情。何況帝多家族的光環讓少年的人生註定不會平凡，從他出生的那天起，便是各方勢力競相爭奪的籌碼，這狀況無形中便把醞釀著其他心思的卡利安往臥底這條路上推去。

□

西維亞的降神儀式進行得很順利，大祭司用欣喜的語調宣布，降臨在小公主身上的是高階神祇——月之女神克洛莉絲。

這消息就像一顆投進湖裡的小石子般，令平靜的湖面上激起了絲絲漣漪。守護神祇的等級間接影響了王族的地位，身爲王室的直系血脈，西維亞擁有高階神祇，便等同於小公主也與她的三名姊姊一樣，有權爭奪王位。

這結果刺激到本來潛伏著的勢力，讓他們感受到強大的威脅。以致於四公主這段時間裡意外連連，不是抱著她的侍女莫名其妙地被絆倒，便是天花板上的吊燈忽然往下掉……短短數天，小嬰兒便有過多次死裡逃生的經歷。最後還是大公主潘蜜拉與國王的守護騎士肯尼士不遺餘力地打壓一番以後，這些小動作才消停了下來。

到了此時，眾人這才驚覺到四公主西維亞並不是個不得寵的公主，相反地，她正是傑羅德最寵愛的孩子。國王先前表現出來的厭惡，其實是女兒的保護傘——不得不說傑羅德這個簡單的小手段很成功，若不是西維亞公主在降神儀式中獲得神祇厚愛，眾人幾乎要把這個不受寵的公主遺忘了。

那些向西維亞殿下下殺手的人，這次之所以會栽這麼大的觔斗，也是與這個錯誤的認知有關。對於這個不被國王喜歡、只有一歲的小公主，他們根本就沒有將之放在心上，結果行動時也就沒有太多防範，最終派出的刺客便被國王輕而易舉地一網打盡。

傑羅德還藉著這次機會把一些馬拿家族派系的貴族連根拔起，大大動搖了這個與帝多家族並駕齊驅的古老家族的根基！

在這段暗潮洶湧的混亂期中，二公主聽從卡利安的建議，忍耐著沒有向四公主出手，結果在其他人都倒楣的時候，她卻能夠保全實力置身事外。

與二公主一樣，同樣對此事袖手旁觀的人還有素來喜歡謀定而動的三公主。其實三公主並不是沒想過趁機把西維亞這個危險扼殺在搖籃中，只是在得知家族已有所行動以後便沒有急著出手。事實證明三公主的謹慎是對的，雖然馬拿家族的失勢對她也有一定影響，但至少比起直接受牽連好太多了。

在馬拿家族焦頭爛額的時候，二、三公主卻沒心沒肺地開始爭奪起家族被打壓後空餘出來的利益，他們的外公比奧侯爵見狀雖然不免心生不滿，但在鬱悶過後還是配合著外孫女的動作，把利益盡量推在兩人名下。畢竟便宜外人倒不如便宜自己的親人，何況他對四公主出手本就是為了讓王權準確無誤地落在自己的外孫女身上，只要卡洛琳所生的四公主不在，無論哪個公主繼承王位，都能保馬拿家族百年輝煌，並把這幾年間益發壯大的帝多家族狠狠地打壓下去。

二公主這段時間可謂春風得意，氣焰一時無二。如願以償地成功收編了一個被削爵位的伯爵的軍隊與領地後，這名愛出風頭的女孩更是不時便趾高氣揚地在封地四處遊走，看到平民遇上她時立即猶如卑微的螻蟻般，大氣也不敢喘地伏身行禮，掌握著他們生殺大權的二公主樂不可支，偶爾更胡亂找個理由殺幾個平民玩玩，以滿足她那扭曲的控制慾。

對此，所有人都是敢怒不敢言。人家是高高在上的王族，有全副武裝的士兵守護在側，他們能夠反抗嗎？只能祈求二公主快點厭倦這種殺人的遊戲，找別的樂子去。

可惜他們註定要失望了，二公主很喜歡平民那種絕望、憎恨、惶恐，卻又無法反抗的眼神。從虐殺這些平民中，她充分感受到身為王族的優越感，這令她沉迷其中，竟足足持續了三年還樂此不疲。

□

「你站上前來！」

在眾人驚懼的視線下，二公主伸出纖細雪白的手，指向一名衣著簡陋的少年。

也許是營養不足的關係，男孩的臉色不是很好，殘破衣服下的身體同樣瘦骨嶙峋。然而他的骨架卻遠比同年孩子高大，若單看身高，已比得上一名十五、六歲的少年了。

看到二公主所指著的人並不是自己時，眾人皆鬆了口氣，隨即不禁向少年投以同情的眼神。

二公主的動作讓男孩本就蒼白的臉頓時變得更加煞白，然而下一秒，臉上的惶恐卻變成了看不出情緒的冰冷，腳步堅定地走至二公主面前。

少年的異狀引起卡利安的注意，一絲不祥的感覺從他的心頭浮現，彷彿一會兒將會發生什麼不好的事情般。這讓因爲厭惡二公主的所作所爲，故意站於稍遠位置的黑髮少年瞇起一雙祖母綠的眸子，並移步來到二公主背後。

二公主沒有察覺出任何不妥，逕自興致勃勃地詢問站至她面前的平民少年：「你叫什麼名字？」

「阿瑟。」少年冷冷答道。

對方冷淡的反應讓二公主很不滿。她喜歡看到這些被點名的平民害怕得一臉死灰、雙腿打顫的樣子，這種人殺起來比較好玩，哭著求饒的樣子也較爲有趣。

雖然多次下來，平民們也知道求饒根本沒用，但這個名叫阿瑟的少年那麼乾脆地把「必要程序」省略下來，二公主著實覺得一陣不爽。

這樣她很沒面子啊！

爲了挽回面子，二公主特意慢條斯理地取出一把鑲滿寶石的精緻匕首，森森的寒光顯示出這是把削鐵如泥的利器。

「這是父王送給我的生日禮物，我一直想找個人試試這把匕首鋒不鋒利，我想阿瑟你必定不會拒絕幫我這個小小的忙吧？」

二公主這番話很險惡，要是阿瑟不答應，那就是藐視王族的罪名；可少年答應的話……絕對會被這柄匕首刺出幾個血洞！

阿瑟沉默了幾秒，隨即仍是冷硬地回答：「我願意幫忙。」

少年無所謂的態度讓二公主心頭起火，只見少女舉起手中的匕首便往阿瑟身上招呼：「那就多謝了！」

瞬間阿瑟暗藍色的眸子凶光畢露，二公主再凶悍也終究是個只有十二歲的少女，冷不防之下，被阿瑟的眼神震懾，手上的動作不由得慢了下來。

下一秒醒悟到自己當眾失態的二公主頓時惱羞成怒，沒想到竟會被個半大的孩子的氣勢嚇到，三公主必定很快便會收到消息，那個陰險的女人絕不會放過這個打擊她的絕好機會，事情經過惡意添加後很快便會流傳開去，這些流言也不知道會有多難聽呢！

想到這裡，二公主更加立定主意，絕不能讓這個少年活下去了，她要用對方的性命來洗刷這個加諸在身上的恥辱！

感受到二公主的殺意，阿瑟暗藍的雙目閃過一絲決然。在眾人皆以為他將要閉目待死之際，阿瑟竟忽然欺身上前，一把奪過少女手中的匕首，反手便往對方白皙的脖子抹去！

兩人之間的距離很接近，再加上阿瑟的動作毫無徵兆，二公主來不及做出任何反應便被奪去了匕首。倉促間，女孩僅能略略偏過身子，只求能夠避過要害。可是阿瑟握刀的手就像毒蛇般靈活，竟能在出刀途中靈活地改變匕首的軌跡，如影隨形地死咬著二公主的脖子不放。

事情來得太突然，士兵們想要阻止已來不及。眼看二公主就要血濺當場，阿瑟一臉稚氣的臉上浮現出與年齡不符的猙獰，還有與敵人玉石俱焚的決心。

一聲利器入肉的細微悶響，卻是早已貼近二公主身邊的卡利安在千鈞一髮間，用自己的手臂代替了主子柔弱的頸項，硬生生以血肉之軀阻擋了阿瑟的必殺一擊。

匕首插入卡利安的手臂至沒柄，強烈的痛楚讓少年的額頭浮現出一層薄薄的冷汗，此時四周的士兵終於趕過來制伏阿瑟。眾士兵在鬆口氣的同時，也對以身護主的卡利安感激不已，要是二公主真的在他們的保護下喪命，這些護主不力的士兵完全可以想像自己的下場會有多悲慘。

身為王室的士兵，他們當然不敢對二公主有任何怨懟，就只能把氣發洩在阿瑟身上。不單在制伏少年的同時下了不少暗手，就連在最後少年明明已無力反擊了，可拳打腳踢還是沒有停止。要不是要留著一口氣把人交由二公主親自發落，只怕他們眞的會把阿瑟活活打死。

當士兵把阿瑟押至二公主面前時，男孩已連跪也跪不穩了，全身上下幾乎沒有完好的地方，全都是傷口與瘀青。即使如此，阿瑟從頭到尾也沒有發出任何呼痛與求饒，只是用著冰冷且充滿恨意的眼神，一眨也不眨地盯住所有向他出手的人。

對二公主來說，此刻的阿瑟已無法對她造成任何威脅，於是她很徹底地無視了這個將死之人所發出的恨意。畢竟卡利安剛剛為了保護她而受了傷，現在最重要的是給出適時的讚賞與獎勵，這種階下囚晚點再對付也不遲。

「卡利安，你做得很好。想要什麼獎賞儘管說吧！」

正在接受衛兵們包紮的卡利安看著二公主一臉高高在上、很矜持地表示讚賞的神情，不知怎地，忽然想起不久前剛滿三歲的西維亞公主在玩耍時曾經不慎落水，被救起後，小公主對著衛兵所展露出的眞誠笑容，以及那一聲甜甜的感謝。

「卡利安?」

看不到想像中的狂喜表情，二公主不滿地皺了皺眉，語氣也倏地冷了起來。

一絲嘲諷從卡利安那雙美麗的祖母綠眸子一閃而過，隨即負傷的少年單膝脆下，低垂的頭顱讓人看不清楚他的表情：「多謝二殿下賞賜，既然如此，我想向殿下討一個人。」

出乎意料之外的答覆勾起了少女的興趣，看了看身旁幾名美貌如花的侍女，再看看團隊中數名劍術高強的士兵，二公主饒有趣味地詢問：「誰?」

仍舊謙卑地垂下頭的卡利安恭敬說道：「請殿下把這名少年交給我處置。」

卡利安的話一出，不單二公主愣了，就連一眾旁觀的平民、衛兵們，以及當事人阿瑟全都呆了。

二公主的表情除了不悅外，還帶著不解：「這人可是膽敢行刺本公主的刺客，如果卡利安你要用人的話，我從禁衛中撥兩人給你如何?他們都是身經百戰的高手，比這個髒兮兮的平民好多了。」

「多謝二殿下的好意，可是我比較喜歡把這種桀驁不馴的人馴服成聽話手下的

那種挑戰感。何況這人用劍的天賦不錯，明明沒有受過任何的劍術訓練，卻能拚搏至這種程度，殺了有點可惜。要是把他變成聽命於二殿下的一員，那不是比殺了他更能凸顯出殿下您的威武嗎？」

二公主想了想，對於天賦什麼的她並沒有放在心上，憑她尊貴的身分，有什麼天才是不能納於手中的？可是卡利安最後的一句話卻打動了她。

把人殺掉的確能出口氣，但如果將那人收爲手下，看著這麼驕傲的人向自己卑躬屈膝，不是更爲有趣嗎？

想到這裡，二公主陰惻惻地笑道：「你的請求我准了。不過卡利安你可要小心一點，別被自己養的狗反咬一口才好。」

聽到二公主的話，卡利安恭敬地頷首稱是，然而藏於鏡片後的眸子卻閃過嘲諷的神色。

與其擔心我，我想殿下還是先擔心自己吧！

殿下妳可要小心一點，別被自己養的狗反咬一口才好啊！

其實卡利安之所以從二殿下的手中救下阿瑟，除了因爲少年的天賦外，他更看重的是阿瑟對二公主的恨意。

這個倔強的少年不止不怕死，更有著一身傲骨。從二公主要拿阿瑟測試匕首的那刻起，便註定二人已立下生死大仇。阿瑟就像頭驕傲的孤狼，性命被別人所掌握這點對他來說絕對是奇恥大辱，即使這匹狼只是頭幼崽，但骨子裡的驕傲是改不掉的。

如此一來，阿瑟的存在正好應了卡利安所需，現在他最需要的正是忠於自己、膽敢向二公主出手的同伴。

經過數年的努力，卡利安已成功獲得二公主的信任，可少年還是覺得不足。一個人的力量終究太小了，因此他急需志同道合的同伴。而且……雖然卡利安本人不願意承認，可是作爲臥底的他實在太寂寞了，他渴望擁有自己的伙伴。

這才是卡利安救下阿瑟的眞正目的。

□

把阿瑟收押進牢房後，卡利安便一直對其不聞不問，就在眾人皆認爲少年早已忘記了阿瑟的存在時，卡利安卻親自來到陰暗的牢房裡，出現在這個連王室成員也膽敢刺殺的平民少年面前。

這幾天阿瑟並沒有做出絕食這種自殘身體的蠢事來展現自身的骨氣，再加上卡利安曾經特意交代過伙食方面絕不能虧待阿瑟，結果五天的囚禁，反倒讓本來皮包骨的瘦削少年長了不少肉，蒼白的臉也變得紅潤起來。

遭到囚禁的阿瑟表現得安靜乖巧，可是卡利安還是能夠看出少年的不安分。這匹野狼只是僞裝成被人馴服的樣子，實則一直在伺機而動，只要一有機會便會立即噬主逃走。

示意四周的守衛離開，卡利安取出鑰匙打開鐵柵欄，握劍的他完全不怕手無寸鐵的阿瑟會反噬自己。

果然看到卡利安獨自進入囚房，瑟縮在角落的阿瑟雙目一亮，可視線觸及卡利安手中的長劍時，卻按捺著沒有動。

卡利安見狀滿意地點了點頭，這少年勇猛卻不魯莽，的確是個好人才。

「你想向二公主復仇嗎？」看著雙目閃爍著凶光的阿瑟，卡利安冷冷問道。

阿瑟一言不語，只是用冰冷的目光注視著眼前身分高貴的年輕貴族。

卡利安也不在意阿瑟的態度，自顧自地說道：「我派人打聽過你的身世，阿瑟，一個住在下城區的平民。聽說你的父母就是在一年前被二殿下所殺，因此才淪爲孤兒？想不到這次你會那麼幸運，成爲二殿下用來試刀的幸運兒，難道你家與殿下特別有緣嗎？」

家人被殺是阿瑟心中無法磨滅的傷痛，此刻這道傷口被卡利安血淋淋地挖出，阿瑟強忍仇恨的雙眼變得通紅，緊握拳頭的手心被指甲刺出一道道傷口，可少年卻毫不理會，彷彿受傷流血的根本不是自己的手。

也許是因爲心裡的傷口太痛，以致於肉體上的痛苦變得微不足道了吧？

「你想報仇嗎？」

阿瑟聞言皺起了眉：「你是什麼意思？是在試探我嗎？」

少年的話害往前走的卡利安一個踉蹌，差點摔在地上：「不是我要說……你對二殿下的恨意根本從一開始便沒有特意掩飾過吧？用得著我來試探你嗎？」

「既然知道，那你還問我做什麼？」

卡利安被阿瑟搶白得牙癢癢的。本來看少年沉默寡言，便誤以為對方不擅詞令，怎料卻出乎意料是個伶牙俐齒的傢伙啊……

忍著一肚子氣，卡利安繼續他那任重而道遠的招攬大業：「既然你放不下仇恨，那麼我們聯手如何？我不能保證什麼，可與我聯手的話，至少能夠讓你扳倒二公主的機會大增，不是嗎？」

卡利安的招攬讓阿瑟震驚了。當卡利安向他的主子把自己要過來的時候，阿瑟早已確定對方並不想殺掉自己。這幾天的牢獄生涯中，阿瑟猜想過卡利安會使用哪種招降手段——會是威脅他的性命？還是給予權力、美女、財寶與榮耀來招降？可阿瑟千算萬算也預想不到這個被譽為二公主的最強爪牙、最忠心的手下，竟會說出如此大逆不道的話。

良久，阿瑟才略微平復激動的心情，擠出了一句：「為什麼？」

卡利安笑了笑：「因爲我是傑羅德陛下設置在二殿下身邊的一枚棋子，不知這個答案能否讓你滿意？」

雖然卡利安相信像阿瑟這種高傲的人，絕不會把他的事洩露出去，可他終究沒有把四公主的名字說出來。從成爲守護騎士的那天起，西維亞殿下對他來說，就是要用性命來守護的人，他絕不允許因爲自己的緣故，而讓女孩陷入任何危險之中。

「我要怎麼做？」阿瑟明顯意動了。

「我需要你表面上向二殿下投誠，然後盡量展示出你的價值來謀取高位，逐步蠶食二殿下的軍隊。順利的話，我希望至少能把皇家騎士團其中一個分隊掌握在手裡。作爲代價的是，這期間無論是財力還是劍術祕笈，只要是你需要的，我都會無條件提供給你，我的要求你能做到嗎？」

阿瑟仰望著站在他身前這個爲了王命而深入敵陣的少年，心裡不由得生起由衷的敬意，這還是阿瑟首次眞心佩服一個人。

於是他低下了高傲的頭顱，向卡利安宣誓效忠：「我誓言在十年內必把皇家騎士團的分隊隊長一位取到手！」

□

大陸曆法一三四九年，卡利安十二歲，在二公主不遺餘力的推波助瀾下，獲得了伯爵的爵位。

這一年，卡利安從二公主手中救出一名平民少年，並將他帶在身邊。

同年七月，那少年阿瑟被老騎士肯尼士相中，在獲得馬拿家族的外姓成員身分後，被收錄進皇家騎士的見習名單中，破格成爲騎士長的候選人。

□

時光流逝，當年一副粉粉嫩嫩小肉球的西維亞殿下，已成長爲能跑能跳能四處折騰人的小女生。這位性格活潑俏皮的小公主最愛四處亂闖，玩得滿身髒兮兮的，西維亞殿下被王城巡邏的城衛兵像抓小動物般抓回來，隨即被貼身侍女妮可一頓大罵的情景，成爲城堡裡三不五時便出現的餘興節目，城堡的牆壁偶爾被控制不住脾氣的小侍女砸出一個個大坑洞，更成了一大特色風景。

另一方面，年齡漸長、好大喜功的二公主，利用手中掌握的兵力四處挑釁滋事的狀況益發頻繁，引發而來的零星戰爭，令跟隨在二殿下身邊的卡利安忙得不可開交，受傷更成了家常便飯。

本來挑釁滋事也沒什麼，反正在卡利安的暗自操控下，被二公主找麻煩的全都是與帝國不和的小國。然而麻煩的是這位好戰的二公主卻喜歡御駕親征，每次都穿著金光閃閃的盔甲跑在最前線，好像深怕敵方的弓箭手看不見她這個絕佳的大箭靶般張揚，害卡利安老是爲了救駕而受傷。

就像這次，要不是爲了格開往二公主身上招呼過來的箭矢，卡利安也不會被敵人乘亂斬傷腹部。幸好身旁的阿瑟反應快，在對方的長劍砍中少年的瞬間，將敵人格殺，不然只怕卡利安會落得肚破腸流的下場。

阿瑟跟隨卡利安已快一年了，這一年來少年逐漸展現出他的武學天賦。不單止劍術，無論是拳法還是箭術，阿瑟都進步神速。這個人彷彿就是天生的戰士，只

要是殺人的手段，他總能快速上手，這段時間死在阿瑟手上的敵人沒有一百也有數十，更被二公主笑逐顏開地賜以「殺神」的名號。

經過一年的相處，阿瑟對卡利安的態度已由最初的合作心態，轉變成心悅誠服的忠誠。在戰場上，少年更是多次救下卡利安的性命，這讓卡利安不得不讚歎自己當初冒險從二公主手中救出阿瑟的決定眞是太英明了！

戰事很快已到達尾聲，二公主興高采烈地帶著一眾爪牙追殺逃散的敵軍，受傷的卡利安則留下來指揮士兵們清理戰場。

滿地都是屍骸與傷者，呼吸的空氣中帶有濃烈的血腥味，整個戰場就像是地獄的情景一般。這讓卡利安不由得心想，要是眞的讓二公主繼承正統，那這片地獄般的一幕是不是會一直延續下去，直至戰火把整個帝國燃燒殆盡？

一直以來，卡利安之所以效忠四公主西維亞，除了因爲卡洛琳的情分外，還有的便是身爲守護騎士這個身分應有的忠誠與約束。可自從二、三公主開始掌權後，卡利安這才眞正感受到這兩人確實不適合坐上帝國的王座，扶助四公主一事在少年的心裡已升級至國家大義的層面上。

就在卡利安忍受傷痛、強打精神指揮著士兵們清理戰場時，一名士兵慌慌張張地跑至少年面前：「伯爵大人不好了！剛收到來自王城的消息，多提亞少爺遇上劫匪，同行的還有偷跑出城堡的四殿下！」

卡利安聞言大驚，顧不得這不相識的兩人爲什麼會走在一起，現在身陷危險的人一個是自己的親弟弟，一個是宣誓要效忠守護的主子，即使是素來冷靜的卡利安，初聞消息時還是不由得方寸大亂。

反倒是阿瑟旁觀者清，按住卡利安的肩膀淡然安慰：「王城有大量城衛與皇家騎士巡邏，既然我們在邊境都收到消息了，相信城堡那邊已派人到現場支援。我曾經與多提亞切磋過劍術，雖然他的劍法仍有點嫩，但應付尋常的劫匪應該綽綽有餘，相信憑他的能力，支撐到援兵出現應該沒問題的。」

按住因剛才激動而有點撕裂的傷口，卡利安吁了口氣冷靜下來：「你說得也對，我剛才失態了。雖然現在趕去也做不了什麼，但身爲帝多家長子，我還是要過去露一露面。阿瑟，這裡就交給你了。」

「但長官您的傷勢……」

卡利安強忍著腹部的劇痛跨上馬背，策馬至軍用傳送陣的他，離開前淡淡拋下一句：「這點小傷不礙事。」

雖然卡利安抬出了帝多家族長子的身分，把自己失態的原因歸咎於家族義務，可他剛才真情流露的焦慮與惶恐是騙不了人的。

何況國家至今仍未研究出遠距離傳送陣，軍用傳送陣傳送的距離短，而且穩定性不高，即使在身體狀況良好時使用，也會被折騰得不輕。現在卡利安有傷在身，只怕傷口不裂開已是好運了。

看到卡利安已作出決定，阿瑟行了個軍禮，表示會負責清理戰場的任務。身為孤兒的阿瑟心中不無羨慕，出身貴族之家，還擁有一個如此疼愛自己的大哥，那個帝多家族的小少爺真是好運啊！

如此想著的阿瑟，卻不知道讓卡利安大驚失色的罪魁禍首除了多提亞外，還要多加一個名叫西維亞．菲利克斯，身分尊貴的小丫頭。

□

當卡利安領著一群士兵趕至王城時，事情早已結束了，只見自家弟弟身上有幾處地方掛了彩，似乎在歹徒的手中吃了一點小虧。一旁的小公主倒是安然無恙，就連身上的禮服也不見絲毫凌亂，顯然多提亞把女孩保護得很好。

這兩個小鬼眞是不讓人放心！

看到兩人沒有受到太大的傷害後，卡利安這才放下心來，然而鬆了口氣後隨之而來的卻是止不住的憤怒。四殿下年紀小就算了，可多提亞難道還不知輕重嗎？他應該在發現殿下的時候便立即把人抓回去，可他竟然還陪她到處去玩，眞是太胡鬧了！

他不能教訓四公主，可大哥教訓不聽話的弟弟卻是天經地義！

「啪」地一聲，卡利安二話不說，便往多提亞的臉上揮出一拳。

看到兄長怒氣沖沖往自己走過來的時候，多提亞早已深感不妙，然而自知理虧

的少年還是沒有閃避對方高舉的手，硬是乖乖站在原地受了對方一拳，事後還苦笑著按住紅腫的左臉道歉。

多提亞不介懷，卻不代表一旁的西維亞沒有想法。先前的一連串事情已令小公主對這個溫和有耐性的少年很有好感，現在卡利安二話不說便出手打人，氣勢凌人的樣子立即惹來公主殿下的不爽！

小公主不動聲色便衝前往卡利安的小腿骨踢去！

想不到西維亞殿下竟忽然發難，更使出一招完全不淑女、與王室的禮儀教學背道而馳的飛踢，在場的所有人頓時都愣住了。

這位四殿下還真勇猛啊……

西維亞這一踢用盡全力，雖然小孩子力氣小，可踢在小腿骨上還是滿痛的，也許會弄出一點瘀青卻絕不是什麼嚴重的傷勢。然而這一腳下去以後，卡利安卻變得面色煞白、滿額冷汗，更露出一臉痛得不行的表情。

擔憂卡利安的傷勢，最後還是選擇尾隨而至的阿瑟正好看到這一幕。

看著自家長官的表情，阿瑟肯定他腹部的傷口裂開了。他本就是個天不怕地不怕、被逼急的時候就連二公主也膽敢行刺的人，看到自己認定的長官受傷，阿瑟不禁怒火中燒，把人穩穩扶住後，便想要向西維亞公主怒聲喝罵。

「阿瑟。」然而少年已到嘴邊的罵語卻被卡利安硬生生壓下，只見伯爵大人冷冷地瞪了四公主一眼，女孩也不甘示弱地瞪回去，兩人視線相觸點頓時發出「啪滋啪滋」的閃電音效……

冷哼一聲，卡利安便轉頭向老實站在一旁的弟弟斥道：「帝多家族的臉都被你丟光了！」說罷就不再理會在場的眾人，在阿瑟的攙扶下緩步離去。

西維亞孩子氣地向著卡利安的背影做了個大大的鬼臉，忿忿不平地小聲罵道：「我只是踢他一腳而已，用得著裝出一副受了重傷的樣子嗎？他是故意裝得痛一點，好讓父王罵我罵得狠一點的吧！」

多提亞苦笑：「大哥不是這樣的人，我想他會那樣自有他的理由吧！」

少年說話的聲音含糊不清，西維亞奇怪地往旁看去，卻赫然發現多提亞的左臉高高隆起，又青又紫的，看起來比剛剛被打時嚇人許多，卻是由於血液運行了一陣子後瘀血逐漸積聚所致。

小公主年紀尚小，看少年臉上的傷如此嚴重，內疚且無精打采地垂下了頭。

看到西維亞的雙眼染上一層水霧，一臉泫然欲泣的神情，多提亞伸手撫了撫女孩的頭。那因腫痛而影響發音的話語有點含糊不清，但並不影響裡面蘊含的溫和寵溺的感覺：「下次，我再找個機會帶妳出去玩吧！」

看到女孩睜大一雙紫藍色眼眸，重新恢復神采的眼裡滿是驚訝與喜悅，多提亞的心情也不由得愉悅起來，溫柔地、寵溺地笑了。

□

在多提亞安慰著小公主的同時，阿瑟正在替卡利安重新包紮腹部的傷口。

看到繃帶因傷口破裂而染滿刺眼的紅，阿瑟的臉上閃過一絲陰狠，冷冷說道：「小小年紀出手便這麼狠，看來這位四殿下與二公主都是同樣的貨色。」

卡利安淡淡說道：「她並不知道我受傷了。」

阿瑟包紮的動作略微一頓，隨即裝作漫不經心地說道：「大人您之所以急著要我扶你離開，就是不想讓四殿下知曉您的傷勢？」

「你是在試探我嗎？這可不像你喔！」卡利安微微揚起嘴角，與平常那種高傲的笑容不同，那是與朋友兄弟間開玩笑的輕鬆神情，也只有在阿瑟面前，卡利安才會露出如此放鬆的一面，就連多提亞也沒有這種待遇。

阿瑟的手很穩，邊說話雙手邊快速地把卡利安腹部的傷口重新用繃帶包紮好：「既然已決定跟隨大人的腳步前進，那我應及早認清楚前進的方向，不是嗎？」

「你怎麼看？我想先聽聽你的想法。」

「二公主一直心心念念著王位，要是四公主繼承正統，相信對二公主來說會是世上最痛苦的事情吧？雖然長公主也是理想的人選，可是她終究與二公主一母同胞，個人私心還是認爲四公主即位更能對二公主造成打擊。」阿瑟沒有正面回應卡利安的詢問，然而對二公主有著刻骨之仇的少年所說的這番話，卻已暗示了他的選擇。

阿瑟的選擇令卡利安很滿意，於是他決定再給這個得力助手一點小提示：「你的選擇不錯。而且阿瑟你應該沒有忘記我曾說過的話吧？我是直接效忠於陛下的人。」

卡利安的話讓阿瑟心中一凜，冰冷淡漠如他，聞言也不由得激動起來。

對方覺得自己的選擇不錯，也就是說在四位公主之間，卡利安也是偏向於支持年幼的四公主。至於少年是效忠於陛下的這一點，在招攬阿瑟時他便早已知曉，現在特意重提，是要告訴自己效忠陛下的人也支持四公主繼位，那不就代表傑羅德陛下有意把王位託付給西維亞公主嗎？

卡利安至今仍舊沒有告訴阿瑟他眞正效忠的人並不是國王，而是與他一見面便鬧得很不愉快的四公主。這與信任無關，只是卡利安認爲萬事總有意外，他必須把西維亞置於最安全的位置，這也是身爲守護騎士最基本的原則——一切以保護主人爲最優先。

□

自從那次的逃家事件後，西維亞便成了多提亞的小尾巴，總是喜歡黏在少年身邊。這兩個年紀相差五歲的孩子竟然能夠玩在一起，令卡利安不由得有點驚訝，更嘲弄地想著西維亞怎樣看也是個野丫頭，既然能玩在一起，不是小的特別老成，那就是年紀大的特別幼稚囉？

城堡裡本就沒有年齡與西維亞相近的孩子，多提亞溫和有耐性的性格，絕對是小公主理想的保母兼玩伴。不知從什麼時候開始，西維亞蹺課到訪帝多家族的次數愈來愈多，結果小公主的老師乾脆把教學重任推到多提亞頭上。可多提亞再聰慧也只是個九歲的少年，光是應付自個兒的繁重課業就已經很吃力了。於是在帝多家主的一聲令下後，督促西維亞學習的重任便落在卡利安身上。

卡利安覺得這樣也不錯，至少他這個守護者總算有了接近四公主的機會，也能夠在補習的時候眞正了解一下這個女孩的品性。

爲了避嫌，再加上他是二公主部下的身分，卡利安一直都對西維亞沒有半點好臉色。小女孩顯然也記恨著對方曾打過多提亞的事，老是與卡利安唱反調，故意惹他生氣。如果不是多提亞在中間緩和氣氛，卡利安眞的不確定自己會不會有天忍不住把這個難纏的小鬼活活掐死！

一段時間的相處下來，讓卡利安總算對這個小主人有了實質的認識，而不是道聽塗說的了解。若要卡利安形容的話，就是心腸過軟、陰狠不足、手段不夠，要不是這孩子有著許多關愛她的人明裡暗裡地護著她，只怕早就在這個爭位的漩渦中夭折了吧？

可西維亞也有著其他公主所沒有的特質，她善良、明朗，有著獨特的親和力，總是很容易便能與別人打成一片。因爲女孩並不是懷有目的才故意對你好，每一個接觸她的人都能夠感受到她的眞心誠意，這種親和力對成爲王者來說是很重要的。

身爲領導者，個人能力並不一定要很強，但卻一定要懂得用人。這方面西維亞有著很強的天賦直覺，圍繞在她身邊的人不是某方面的強者，便是很有成爲強者潛質的人。而讓對方心悅誠服地眞心跟隨與喜愛，與利用身分地位壓迫所得的效果也是截然不同的。可以說單是這方面的天賦，已完美地蓋過了女孩其他幾個不輕不重的缺點。

能夠被傑羅德視爲繼承人，自有其亮點與成爲王的潛質。

因此，卡利安雖然與小公主八字不合地相看兩厭，但保護西維亞的工作，少年卻一點兒也沒有馬虎，相反地還變得益發用心。

因為卡利安相信這個孩子會是個善待國民的出色王者！

□

大陸曆法一三五〇年，卡利安十三歲。

這一年，他的小主人與弟弟多提亞相遇了，也因此而成了雙方結識的契機。從此督促前來帝多家串門子的西維亞的功課，成了卡利安每日的必修課題。

西維亞並不知道這個一出場便打了弟弟一拳的少年，早在她出生以前便已允諾將會守護她一生平安，也不知道這個人將會在她的生命中扮演著重要的角色。

所有醜陋、骯髒的事情，卡利安盡力把西維亞蒙在鼓裡——以守護為名，只希望這個善良的孩子不要太早接觸這些黑暗的事，能夠度過一個快樂的童年。

即使他知道現在的平靜只是暴風雨前的假象，寧靜、平和、令人留戀，卻又脆

弱無比。

這短暫的平靜結束於一個古遺跡的現世。

遺跡是由三公主發現的，對卡利安來說，這名外表斯文無害的美麗少女，根本就是條無聲無息潛伏在暗處、會在獵物鬆懈瞬間撲出來給予致命一擊的毒蛇。因此當三公主發現這個封印著暗黑之神的古遺跡時，首先想到的並不是遠離這個滿布強大闇之力的危險場所，而是用盡心思想要利用其中的力量來達成她的野心。

二公主驍勇善戰，三公主卻善於陰謀詭計。要不是她們因爭奪王位以致從小不合，兩人合作起來還眞是個能夠互補不足的組合呢！

因此，這幾年間卡利安除了逐漸增加自己對二公主的影響，慢慢蠶食她的勢力外，做得最多的便是分化這對同胞姊妹的感情——雖然即使不用他多事，這兩人也早已是拚個你死我活的仇人了。

想不到卡利安一直擔心的兩名公主聯手的狀況，卻因爲這個封印了強大靈體的古遺跡而出現了。

沒有人會想到封印在古遺跡的是被封印削弱的暗黑之神，所有人皆誤以爲所封印的只是強大的惡靈而已。三公主擅長魔法，自然知道被封印在古遺跡的靈體的強大與恐怖，隨即更生出利用這個靈體來控制國王的念頭。

可無論是解除封印、控制亡靈，還是把魔爪伸向國王，都不是容易的事。三公主不得不尋找盟友幫助，考量良久後，發現一向與她不和的二公主是現階段最佳的選擇。

畢竟手握一定兵力、能夠接近國王，以及對王位存有不安分念頭的人，想來想去也只有二公主一人。

長公主潘蜜拉早已聲言對王位沒有興趣，甚至連婆家都早已挑選好，就等著成年那天嫁出去，自然不足爲懼。可二、三公主還未來得及鬆一口氣，精神卻隨著西維亞漸漸長大而再度緊繃起來。

因此，當三公主一提出結盟的要求後，立即便被二公主所接受，兩人一掃先前互相仇視的態度，關係融洽地坐下來商討控制國王，並謀害西維亞的方法，只是在熱情的背後各自有著什麼想法，也就只有她們自己才知道了。

「對於解除封印方面，二王姊有什麼想法嗎？」

喝了一口清香的花茶，三公主動作優美得彷如一幅圖畫，誰會知道這個看似無害、斯文秀氣的漂亮少女，卻是名比蛇蠍更爲狠毒的角色。

二公主仰頭把杯裡的花茶一飲而盡，喝罷還抿了抿嘴，顯是很不喜歡花茶濃郁的香味。相較於三公主無懈可擊的禮儀，二公主的動作簡直可說是粗魯了。

「卡利安，你有好提議嗎？」

這幾天的密談一直出現這種狀況，聽到二公主再次把發言權交給卡利安，三公主不著痕跡地皺了皺眉。

本以爲二公主只是個有勇無謀的草包，即使與她商量，對方定也提不出好提議，到時候自己正好可以把所有事情都掌控在手裡。偏偏二公主卻讓卡利安代爲拿主意，而少年的提案又優秀得令三公主無法拒絕，這讓素來以善於謀劃而自傲的三公主感到鬱悶不已。

卡利安已經不是首次在密談中發言了，只見少年被點名後禮貌地欠了欠身，不亢不卑的態度顯示出貴族應有的氣度。

「兩位殿下，我認爲遺跡裡充斥著闇系魔力，在解除封印上，也許可以交由暗黑神教試試看。我相信以『被封印的亡靈也許是沉寂已久的暗黑之神』這消息作誘餌，一定能讓這個神祕高傲的宗教團體上鉤的。至於事後的處理，相信三殿下已有自己的想法了吧？」

看卡利安沒有把所有事情都抓在手裡，很識趣地在緊要關頭將主動權交回自己的手中，三公主眼中的陰狠神色略見緩和，很是讚賞地點了點頭：「的確，往後的事情不適合讓暗黑教徒參與過多，謀害國王是大罪，這事情還是愈少人知道愈好。何況對於操控亡靈，我自有一套方法。」

這方面三公主並沒有誇大，她自小喜愛研究法陣，尤其對一些需要獻祭人命的魔法陣特別有興趣。只因這些法陣往往威力驚人，而且當中的陰邪氣息更被三公主所喜。只要能夠破解這個麻煩的封印，她有無數種方法驅使那個被困的靈體。

反正這些邪惡法陣的發動、操作大多只需要大量人命作獻祭，而人命這種東西對三公主來說並不値錢，像傭兵之類的要多少有多少，執行任務時出現傷亡更是家

常便飯，死的人再多也不會引起太多人注意。

「既然如此，就拜託妳了，三王妹。」

早已從卡利安的調查中得知魔法陣反噬足以致命的二公主，從善如流地認同了三公主的建議，心想待解決了西維亞那個礙眼的小鬼後，她便命人破壞魔法陣，到時候看看身為施法者的三公主還能怎麼辦！

三公主嘴角勾起優雅的微笑，心裡卻想著雖然成功爭取到亡靈的控制權，可還是不能掉以輕心，找個機會在城堡中設置一個擁有大殺傷力的魔法陣吧！到時候把二公主的軍隊騙過去，集中起來一次滅掉！

□

密談結束後的第二天，這些充滿邪惡、貪婪與黑暗的對話內容，就被卡利安一字不漏地報告了給傑羅德。

「陛下，我已按照您的要求，向兩位殿下提出找上暗黑神教的建議，可是那個宗教一向亦正亦邪，對國家也不賣帳，他們真的會相信那個法陣所封印的亡靈就是暗黑之神嗎？萬一他們發現被騙……這些狂熱的宗教分子是什麼事情都做得出來的。」

面對少年的疑問，傑羅德漫不經心地說道：「不會的，因爲那個古遺跡所封印的確實是暗黑之神。」

「什麼!?」卡利安一臉驚駭。

少年難得一見的驚嚇神情，令傑羅德莞爾一笑：「卡洛琳應該曾經告訴你小黑影被封印在一個古遺跡裡吧？喏，正好就是小三發現的這個了。」

男子對女兒的暱稱令人無言，不過現在並不是研究三公主綽號的時候。卡利安臉上的神情是史無前例的凝重：「可是陛下……萬一暗黑神教真的能夠解除古遺跡的封印……」

國王眼神複雜地嘆了口氣：「一直將祂封印下去也不是辦法，事情總要解決。還有小三她們的事情……也是時候一併清除掉內患了。」

卡利安猛然一驚，難道國王終於下定決心要向二、三公主出手了嗎？

不！應該說，國王終於決心清洗那些心存異心的權貴了嗎？

只是區區的二、三公主並不足爲懼，麻煩的是兩人身後的馬拿家族，還有與其糾葛甚多的其他貴族。

卡利安仔細衡量過，在降魔戰爭後經過數年的休養生息，國家已能承受一定程度的動盪，既然傑羅德陛下已有釋放暗黑之神的意思，那麼借用兩位公主的手，既能引出有異心之人，又能省掉解除封印的麻煩，的確是個一石二鳥的方法。

從兩位公主展露出野心的那天起，就已經引起了傑羅德國王的關注，卡利安並不擔心兩人能翻起多大的風浪，可對於那個聞名已久的闇系神祇，少年就不是那麼放心了。

「殿下們想利用暗黑之神來侵佔控制陛下，任由她們實行計畫實在過於冒險了，請恕我並不認同。其實陛下要達到這些目的有很多其他方法，又何須以身犯險呢？」

傑羅德嘆了口氣：「我不把自己置於險境，又怎能逼迫西維亞那個傻孩子正視王室成員應有的權利與責任呢？實踐便是最好的學習，只有如此才能把她培養爲理想的繼承者。」

卡利安心中一凜，他一直都知道傑羅德國王把四公主視爲王位的繼承人，只差沒有正式宣布西維亞殿下爲王儲而已。可是聽過國王這番話後，少年發現他還是低估了小公主在國王心目中所佔的分量，以及國王對她的期盼。

可是想到二、三公主那一連串狠毒的計畫，卡利安仍是不贊同國王以自己及四公主的安危來冒險。

無論是讓暗黑之神侵佔自身的軀體，還是誣陷西維亞一事，都很難掌握好尺度，萬一事情中途失控，卡利安實在無法想像那些可怕的後果。

看卡利安全然沒有任何鬆口的意思，傑羅德笑道：「放心吧，卡利安，我有信心掌握一切，對吧？伊里亞德。」

在場除了傑羅德與卡利安之外，並沒有任何人在，可隨著傑羅德那莫名其妙的話語，一名男子倏地出現在國王身旁。

突如其來的狀況，讓卡利安立即把手按於劍柄上，祖母綠的眸子猛然收縮，如果不是傑羅德對男子的出現沒有絲毫訝異，而且先前的話也表示出傑羅德早已知道

男子的存在，不然卡利安只怕早就對來人拔劍相向了。

這名突然出現、名叫伊里亞德的男子，姿態悠閒地站著，在看到卡利安那反應迅速卻不失理智的警戒動作時微微點頭，雙目露出讚賞的神色。

在伊里亞德打量著卡利安的同時，少年也正打量著這個突然出現的陌生人。

卡利安肯定自己從沒有見過這個男人，基本上即使不特別去記憶，單憑這人俊美的長相，已教人一見難忘。對方的身上既沒有佩劍，也沒有手握魔杖，完全看不出他是什麼職業，可不知爲何，這人只是很隨意地站著，卻給卡利安一種很危險的感覺。

伊里亞德對卡利安的觀察並沒有持續太久，很快便把打量的視線轉移至傑羅德身上：「你是什麼時候發現我的？」

國王饒有趣味地挑了挑眉：「就在我們說第二句話、你鬼鬼祟祟地用傳送魔法隱藏在我身後那時……不得不說，老是神出鬼沒並不是個好習慣啊！伊里亞德。」

聽到傑羅德的話，伊里亞德露出驚訝的表情，上下打量了對方一番：「想不到養尊處優了數年，你不但沒有變遲鈍，實力反而提升了。」

卡利安好奇地來回注意兩人的對話，少年還是首次見識到有人用這種語氣與傑羅德國王說話。

這兩人的態度很隨意，就像是認識很久的老朋友般，明明應該關係很好的樣子，可說話時又給人一種唇槍舌劍的感覺，似乎看著對方就覺得不爽……他們的關係到底算是好還是不好？

「卡利安，過來認識一下，這位是伊里亞德，說名字你也許聯想不到是誰，但卡洛琳應該和你提過吧，她在精靈森林裡認識了一對擁有闇系體質的雙胞胎，這一位就是故事中的弟弟了。」

少年驚異地睜大雙目：「你就是闇法師!?」

伊里亞德咧了咧嘴：「眞稀奇，你竟然知道我們的事？」

傑羅德微微一笑：「他是卡利安，卡洛琳爲西維亞所挑選的守護騎士。卡洛琳生前可疼他了，你別欺侮人家。」

雖然國王嘴巴上是這麼說，可心裡卻也覺得即使闇法師眞的向少年出手也沒什麼大不了，反正卡利安可也不是什麼好惹的角色，想讓少年吃虧也要做好足夠的覺悟啊。

「唔唔……這麼漂亮的一個美人能看不能碰實在太可惜了……」伊里亞德發出了意義不明的嘆息，卡利安不知爲何，頓時感到一陣惡寒，幾乎忍不住便把手再度按於劍柄上了。

傑羅德見狀，邊讚歎這孩子對危險的靈敏度眞高，邊繼續著伊里亞德出現前的話題：「我會讓伊里亞德保護西維亞的安危，留在暗黑神教的闇祭司妮娜，也就是雙胞胎之中的姊姊也會幫忙，再加上有你留在小三身邊隨時控制著狀況，如此一來，安全方面便沒有問題了。」

伊里亞德聞言，不滿地嚷道：「喂喂！我可沒答應要蹚這趟渾水啊！別無視我的意願！」

面對闇法師的拒絕，傑羅德依然一副好脾氣的樣子笑得溫和：「我倒是無所謂，就是西維亞會比較危險吧？」

伊里亞德愣了愣，隨即一臉不甘地向卡利安說道：「我現在對外的身分是『創神』傭兵團的團長。這結晶給你，有任何重要的事情，你可以利用它來與我或者妮娜互通消息。」

說罷，男子便負氣地不再看向傑羅德一眼，往卡利安拋出一顆通體漆黑的晶石後，便化作一縷黑色的煙霧消散無蹤。

一道濃烈的黑色煙霧從晶石中飄浮而出，並於半空中凝聚成一顆黑色的小珠子。

卡利安把這顆黑色的小珠子握在手中，一臉疑惑：「這是？」

「暗黑之神的靈魂被我們一分爲二，分別封印在古遺跡以及『時之刻』裡。將來暗黑之神必定會要求你把『時之刻』從獸王手中奪過來，過程中爲了取信於小黑影，我建議在獸族中造成一點傷亡比較好。這顆小珠子是能夠使靈魂更加凝聚的好東西，算是我們補償給獸王的禮物。這可以讓轉生的獸王從此免除無力的幼年期，以飛快的速度成長……我這麼說，你明白我的意思嗎？」虛空中傳來了伊里亞德的聲音。

卡利安靜默片刻後只是回以一句：「你果然是個瘋子。」爲了讓計畫萬無一失，而讓他斬殺一族之王嗎？

伊里亞德笑道：「卡洛琳把西維亞與小黑影託付給你，身爲公主的守護騎士，你能夠做到哪個地步呢？我可是很期待的喔！」

傑羅德嘆了口氣，隨即拍了拍少年的肩膀：「別給自己太大壓力，獸族的事情我不能給你任何意見，這顆珠子由你自己衡量應否使用。稍後我會與妮娜好好談談，如此一來，對於釋放暗黑之神一事，你應該能夠接受了吧？」

傑羅德的態度讓卡利安暗暗感動，如果是別的君王，大概不會這麼耐心地向部下解釋，也不會在乎他們的心情吧？至少二殿下就是個獨行獨斷、永遠只會高高在上地下達命令的好例子。

也許正因如此，這位仁君才能獲得人民全心的擁戴，而卡利安也很珍惜如此和平、充滿尊重的統治。

同時，少年也從四公主西維亞身上看到與傑羅德國王同樣的特質，雖然她的力量現在還很薄弱，也沒有王者應有的覺悟，可卡利安還是相信他要守護的人必定會成長爲出色的王者。

「從今以後會忙碌起來了……」輕聲自語的少年腰桿挺得筆直，一身精練的氣質配上貴族特有的優雅與貴氣，揉合成一種獨特的魅力，銳利的眼神彷彿永遠也不會迷茫。

只因他從八年前的那天起，已經找到了人生前進的方向。

□

大陸曆法一三五五年，獸族的根據地石之崖受到突如其來的襲擊，獸王受到重創，承傳之物「時之刻」被奪。

之後垂危的獸王利用火鳥特有的能力重生，失去了時之刻的新任獸王，以令人驚歎的速度成長著，短短數年已恢復成全盛時期的力量，並且爲了修補人類與獸族的關係，踏上了前往人類城鎮的旅途。

□

大陸曆法一三六三年，菲利克斯帝國四公主西維亞叛變，企圖行刺國王不果後逃出王城。國王派出精銳部隊，以卡利安伯爵爲首進行追捕，誓言斬殺逃脫的四公主！

命運的齒輪，正在緩緩轉動……

〈守護之心〉完

後記

各位好，感謝大家購買這本《傭兵公主》的番外〈一緣一會〉。

仔細算一算，從傭兵的卷一上市至今不多不少的正好一年了，這一年間除了依照大綱完成了計畫中的一至六卷以外，竟然還增添了一篇番外，除了多承靈感女神的垂青看顧，當然還少不了大家的支持與喜愛，請容許我再次不厭其煩地向購買這本番外篇的各位讀者送上真誠的感謝（鞠躬～）。

曾經就番外的故事內容在臉書的專頁裡作過詢問，有不少讀者也期待番外篇能夠說說主角的後續故事，例如小維與多提亞的婚姻生活、兩人如何結婚生子等。

可是呢～我覺得在正文裡小維與多提亞的感情已有明確的交代了，不止主角，一些較重要的角色如利馬、夏爾、卡萊爾等人或多或少也有提及到他們的去向。因此在挑選番外的出場角色時，我最終決定選擇一些在正文很少提及、甚至沒有正式出場的角色。

守護騎士卡利安，在正文幾乎從頭到尾都是歹角。威利子爵，在卷二中完全是一個小人物（被欺侮？）的角色。長公主潘蜜拉，這個最厲害，因爲她就只在血脈回溯的幻覺中出來走走過場XD。

希望這些歹角、小人物、從沒有眞正出場的角色，在番外中給予大家新鮮的感覺之餘，也讓各位能夠從另一個角度更完整地了解「傭兵公主」的世界。

說起來，我從來也沒想過番外篇是需要交上副書名的（一直以爲是「傭兵公主」後面加上「番外」二字這樣……）。因此在構思短篇故事的內容時，我很乾脆地設定了三個差距很大的故事，而且還故意把故事的名字取得很不一樣——於是〈紫藤花開〉、〈小兔歷險記〉與〈守護之心〉便出爐了！

結果當編輯大要求我交上副書名時，我一瞬間只覺得晴天霹靂，腦中只呆呆出現了三個字——自．作．孽！

事已至此，即使再悔恨也是於事無補了，只能絞盡腦汁地想想這三個故事之間有沒有什麼相關的地方，好從這一點去設想番外的副書名。

想了又想，便發現三個故事之間有著一個共通點，它們都有說及角色們的初次邂逅。艾倫與潘蜜拉、威利與潔西嘉、卡利安與西維亞以及阿瑟的相遇……於是，「一緣一會」這個名字便順理成章地出來了。

「一緣一會」的意思是一生只有這一次緣分、一次的相會。這提醒我們無論何時何地也要好好珍惜身邊的人和事，只因世事無常，也許這一次以後便再也無法相會了。既然有著相遇的緣分，那便應該好好珍惜。

就像地球上有著70億人口，可在芸芸眾生之中你卻拿起了「傭兵公主」這本小說、看著我此刻所寫的廢話，這奇妙的緣分把我們瞬間聯繫在一起，想想便已經覺得是很玄妙的事情了。

不知道身在何處、現正看著這篇後記的你，你好嗎？

祝願你一切安好，也希望這聯繫著我們的緣分能夠在下一本小說上連繫下去。

□

自我在網路上發文的時代起，已經閱讀過我的作品的朋友們，應該對《懶散勇者物語》這個名字不會陌生。

書中的主角夏思思是個性格懶散的女孩子，有天莫名其妙地受到神明的召喚，穿越至異界來當拯救世界的勇者。故事從夏思思來到異世界開始，一個超沒幹勁的勇者便從此誕生了XD

《懶散勇者物語》這本小說已經與魔豆文化簽約，在不久的將來，有幸會以實體書的姿態與各位見面。

敬請期待，也希望大家到時候能夠多多支持喔！

香草

【香草最新力作預告】

懶散勇者物語

夏思思是個絕對奉行「能坐不站、能躺不坐」的17歲少女。
畢生最大心願是安穩過生活的她，
卻被自稱「真神」的神祕美少年帶到了異世界！
身爲這一代的「勇者」，也爲了保住自己的小命，
她只好心不甘情不願地踏上了「保護世界」的麻煩旅程。

但……旅程還未展開，思思便被「純潔」的魔族纏上？
帶著一夥實際身分是聖騎士、還很不好搞的夥伴，
決定兵分兩路行動的新手勇者夏思思，前途無法預測！

史上最沒幹勁的勇者、視任務為己命的聖騎士夥伴
她與他們的「長期任務」，即將啓動！

2013年台北國際書展，熱烈上市！

國家圖書館出版品預行編目資料

傭兵公主.番外 / 香草 著.
——初版. ——台北市： 魔豆文化，2012.12
面； 公分. ——（Fresh；FS032）
ISBN 978-986-5987-13-8（平裝）

857.7 101023327

FS032

傭兵公主 番外 一緣一會

作者 / 香草
插畫 / 天藍 封面設計 / 克里斯
出版社 / 魔豆文化有限公司
地址◎ 台北市103赤峰街41巷7號1樓
電話◎（02）25585438 傳眞◎（02）25585439
部落格◎ gaeabooks.pixnet.net/blog
臉書◎www.facebook.com/Gaeabooks
電子信箱◎ gaea@gaeabooks.com.tw
投稿信箱◎ editor@gaeabooks.com.tw
郵撥帳號◎ 19769541 戶名：蓋亞文化有限公司
發行 / 蓋亞文化有限公司
法律顧問 / 宇達經貿法律事務所
總經銷 / 聯合發行股份有限公司
地址◎ 新北市新店區寶橋路二三五巷六弄六號二樓
電話◎（02）29178022 傳眞◎（02）29156275
港澳地區 / 一代匯集
地址◎ 九龍旺角塘尾道64號龍駒企業大廈10樓B&D室
電話◎（852）2783-8102 傳眞◎（852）2396-0050
初版三刷 / 2016年8月
定價 / 新台幣 180 元
Printed in Taiwan

ISBN / 978-986-5987-13-8

FS032

番外

魔豆文化　讀者迴響

感謝您在茫茫書海中選擇了魔豆，您的支持是我們最大的動力。
不要缺席喔，讓我們一起乘著夢想的羽翼，穿越時空遨遊天地！

姓名：　　　　性別：□男□女　　出生日期：　年　月　日
聯絡電話：　　　　手機：
學歷：□小學□國中□高中□大學□研究所　　職業：
E-mail：　　　　（請正確填寫）
通訊地址：□□□
本書購自：　　縣市　　　書店
何處得知本書消息：□逛書店□親友推薦□DM廣告□網路□雜誌報導
是否購買過魔豆其他書籍：□是，書名：　　　□否，首次購買
購買本書的動機是：□封面很吸引人□書名取得很讚□喜歡作者□價格便宜□其他
是否參加過魔豆所舉辦的活動： □有，參加過　　場　□無，因爲
喜歡出版社製作什麼樣的贈品： □書卡□文具用品□衣服□作者簽名□海報□無所謂□其他：
您對本書的意見： ◎內容／□滿意□尚可□待改進　◎編輯／□滿意□尚可□待改進 ◎封面設計／□滿意□尚可□待改進　◎定價／□滿意□尚可□待改進
推薦好友，讓他們一起分享出版訊息，享有購書優惠 1.姓名：　　　e-mail： 2.姓名：　　　e-mail：
其他建議：

廣告回信　郵資免付
台北郵局登記證
台北廣字第675號

魔豆

魔豆